NORMANDIE PARTY

Bernard Dumez

NORMANDIE PARTY

Une aventure de Petunias W. Majores

© 2021 Bernard Dumez

Éditeur : BoD-Books on Demand
12-14 rond-point des Champs-Élysées, 75008 Paris
Impression : Books on Demand, Norderstedt, Allemagne

Illustration : Bernard Dumez

ISBN : 9782322199020
Dépôt légal : Février 2021

Chapitre I

J'aurais dû le savoir que ça ne marcherait pas. Écouter ma raison plutôt que mon cœur et… ma mélancolie ? Non pas ma mélancolie, elle ne mène pas ma vie, je joue avec, je la manipule en quelque sorte mais elle ne mène pas ma vie.

Pourtant je n'arrive pas à me sortir Clara de la tête. Préférer aller soigner les petits africains au Burkina plutôt que de s'installer avec moi, je n'arrive pas à l'admettre. Et dans un orphelinat catho de surcroît ! Moi qui boufferais du curé tous les matins si j'en avais dans le frigo. En plus, je me les caille, à pinces sous cette averse vicelarde. Pourquoi je ne me rachète pas une nouvelle parka, merde !

Économies à la con… Celle-là date d'au moins dix ans. Pas usée, non, c'était de la qualité, mais cette fichue pluie me rentre dans le cou. J'ai pas besoin d'attraper la crève en plus, avec tout le boulot qu'on a en ce moment. Oh, et puis je m'en fous ! Sonia, mon assistante adorée, peut très bien se débrouiller sans moi. D'ailleurs, elle serait soulagée que je lui lâche la grappe, un peu. Elle n'a plus besoin de m'avoir sur le dos toute la sainte journée, tout le monde sait qu'elle gère l'entreprise aussi bien que moi, quand je suis en voyage.

Et puis je pouvais prendre la ligne 4 plutôt que de me taper l'avenue à pied, comme un con, en plein mai pluvieux.

Ça fera marrer Pascal, c'est déjà ça. J'aurai fait ma bonne action. Depuis le drame, fini les sourires en coin, l'œil qui pétille et les fous rires complices. Merde, qu'est-ce qu'on a pu s'en payer des fous rires, avant.

Tiens ! La boutique du 33 a encore changé, terminé les jeux vidéo, vive l'agence immobilière. Depuis quinze ans, les épiceries ont été vendues à des marchands de parapluies chinois, qui les ont rétrocédées à des Gamecenters, et désormais, une pléthore d'agences immobilières réquisitionne nos pas-de-porte. Comment vivent-elles ? Elles sont au moins quinze sur le boulevard ! Elles pourront au moins revendre leurs propres locaux !

J'ai peur de craquer devant Pascal, de lui laisser paraître que moi aussi, je suis effondré. Je n'ai pas les mots pour le réconforter, ou du moins le rassurer, lui montrer que je suis avec lui, toujours, et encore plus maintenant. J'ai la tête qui tourne, l'impression de flotter, de marcher sur un tapis mousse. Déjà aux obsèques je n'en menais pas large. Pascal devait attendre mieux de son plus vieux copain.

Ah, j'arrive, le grand porche avec sur le fronton « Grand Garage Citroën » gravé dans la pierre. J'adore cette architecture industrielle de l'entre-deux-guerres, avant-gardiste, aux prémices de l'art déco. La mairie de Paris, plus deux ou trois fondations sponsorisées par nos grands patrons du CAC 40, ont déjà essayé de lui racheter, sans succès : quatre mille mètres carrés sur trois niveaux, en plein 14e arrondissement. Pascal ne veut pas quitter les lieux, pourtant, financièrement, il ferait une excellente affaire et pourrait installer son entreprise de transport en proche banlieue, dans des locaux plus fonctionnels, moins exigus. Mais il sait que la plupart de ses employés habitent Paris, viennent à pied ou en transports en commun. Ils préfèrent tous travailler à l'étroit dans des locaux de 1922 pas climatisés, plutôt que de quitter ce bâtiment classé.

Du temps du garage Citroën, le plus grand de France à l'époque, même les Américains étaient venus visiter et admirer sa structure métallique Eiffel recouverte de stuc Art déco, ses rampes d'accès automobiles aux étages supérieurs. Son grand salon, digne d'un palais de Saint-Pétersbourg, recevait les clients. Les nouveaux modèles d'automobiles y étaient présentés, avec leur panel de couleurs, trois au choix jusqu'en 1949 (noir ou noir ou bien noir).

Juste à droite après le porche, dans l'ancienne maison du gardien, Marcel le chef d'atelier. Il fallait gardienner, car les vols et l'espionnage industriel étaient déjà monnaie courante.

Est-ce que je m'arrête ou bien je fais semblant de ne pas le voir ? Jamais il ne me croira. Vingt ans que je viens, et pas une seule fois je n'ai dérogé à mon circuit à étapes, d'abord s'arrêter dire bonjour à Marcel, prendre des nouvelles de sa famille, de ses fils, même âge que moi. On jouait ensemble dans l'atelier de révision des moteurs ou dans le magasin de pièces détachées.

Notre préférence allait au magasin de pneumatiques. Les piles de pneus de camion faisaient des cachettes extraordinaires. Marcel, soucieux de voir des tores de caoutchouc de cent cinquante kilos nous tomber sur la tête, nous interdisait formellement de jouer dans ce local. Et si en plus nous entraînions Julia, la cadette, sa fille adorée, l'enfant de l'amour comme il disait, plus jeune de dix ans que ses frères, alors là… il pouvait entrer dans une colère noire.

Je m'arrête, c'est la seule option. Mais que lui dire ? C'est encore plus difficile qu'avec Pascal.

Je reste sur le pas de la porte métallique. Il lève la tête de son bureau, doucement, comme s'il lui en coûtait, le regard en dessous.

— Ben rentre toubib !

Jamais vraiment compris pourquoi Marcel m'appelait ainsi. Ou plutôt si, j'imagine que comme j'avais eu l'opportunité de faire des études, contrairement à ses fils, et qu'à l'adolescence, j'avais tendance, plus par bêtise que véritable arrogance, à « étaler ma science », je parlais de faire un doctorat. Certainement que dans l'esprit de Marcel, doctorat signifiait médecine… Alors que moi, c'était d'astrophysique dont je rêvais.

— B'jour Marcel… Comment tu vas ?

Un silence long comme un jour sans pain.

— Comment veux-tu que j'aille ? Je préférerais être mort à l'heure qu'il est.

— Ne dis pas ça, tu te fais du mal pour rien. C'est un accident, un terrible accident.

Marcel me regarde enfin, droit dans les yeux, de cet œil sombre qui suffisait à nous glacer, comme lorsque nous étions adolescents et qu'il se préparait à nous engueuler dans ce hangar à pneus. S'il avait su, il n'aurait même pas eu besoin d'élever la voix, son regard suffisait à nous faire rentrer sous terre. Ce regard incongru sur son visage rondouillard de natif de Provence.

— Ne me baratine pas Walter.

Marcel m'appelle rarement par mon prénom. Il replie le journal, qu'il ne lisait pas de toute façon :

— Accident ou pas accident, je l'ai tué. Le fils unique de mon patron, le petit-fils de mon ami, Louis, qui m'a recueilli quand j'avais quinze ans. Jamais je ne me le pardonnerai, jamais Pascal ne me pardonnera. Jamais Louis, paix à son âme, ne me l'aurait pardonné, et jamais toi, tu ne me le pardonneras.

Je ne sais pas comment lui dire qu'il se trompe, que la douleur l'égare, que la culpabilité prend le dessus en vain. Je ne sais pas, parce qu'après tout, il a peut-être raison. Alors je me défile, comme souvent :

— Bon, écoute, je monte voir Pascal et je repasse te voir après.

— Ça tombe mal, j'ai un rendez-vous qui doit arriver d'une minute à l'autre, reste plutôt auprès de Pascal et passe me voir dans une heure.

— Ou demain si tu veux ? Je n'attends pas sa réponse, pressé d'en finir avec ce tête à tête embarrassant.

Il jette un œil à sa montre, son regard a changé, il a retrouvé son visage de chef d'atelier très occupé, pas la peine d'insister.

Le bureau de Pascal est au fond du couloir vitré, sur la mezzanine.

Ce n'est pas le plus grand bureau, il l'a laissé à son directeur commercial pour recevoir les clients, avec un grand canapé rouge, comme dans certaines émissions de télé. Certains soupçonnent Julien Mage, directeur marketing et ventes s'il vous plaît, d'utiliser aussi ce sofa pour les entretiens d'embauches de ses nombreuses stagiaires, toutes issues de l'ESSEC et de HEC ! D'autant plus qu'il s'est fait aménager un cabinet de toilette avec douche ainsi qu'un accessoire très daté années soixante-dix, un bar camouflé dans un tonneau, avec ouverture commandée à distance.

Moi, je me fous des commérages. Ce qui est factuel, c'est le doublement du chiffre d'affaires depuis que Pascal l'a embauché, et une dynamique que l'entreprise n'avait pas connue depuis que Louis Schenk, le père fondateur, était à sa tête.

Après le bureau/garçonnière de Julien, le bureau d'Isabelle, l'assistante de Pascal. Une femme indispensable autant qu'efficace. Pendant la dépression de Pascal consécutive à son divorce, son black dog[1], comme il aimait à ironiser, Isabelle a tenu la boutique, des semaines durant, sans aucune consigne de Pascal, comme s'il était simplement absent, en congé ou en voyage d'affaires. Et toute l'entreprise a trouvé naturel de recevoir des directives de cette grande femme brune et élégante, au charme discret. D'ailleurs, auparavant, elle rédigeait quotidiennement les notes de service pour Pascal et elle signait à sa place avec son autorisation, d'un graphe PS pour Pascal Schenk.

---

1 Churchill nommait ses dépressions à répétition *Black Dog* : chien noir.

Maintenant, elle continue à les rédiger, en signant simplement Isabelle.

Au bout de la mezzanine, le bureau de Pascal, avec son minuscule balcon de fer forgé donnant sur un angle du parc Montsouris. Un endroit si exigu qu'il est à peine suffisant pour trois chaises, deux pour poser nos culs et une faisant office de table. Un cendrier, les Montecristo n° 4 et des verres pour l'anisette Bardouin l'été ou le rhum Bologne l'hiver complètent le tableau.

Pascal est assis derrière son bureau de lycéen ramené de chez ses parents, dos au petit balcon et face à la porte, car on doit toujours être face à ses visiteurs pour les accueillir. Il est d'une pâleur extrême, les veines de son visage se dévoilent sous une peau devenue translucide. Plus aucune trace de hâle, alors que son unique loisir était de passer deux semaines tous les hivers sous les tropiques. J'ai peine à le reconnaître, pâle comme un mort, c'est bien l'expression qui convient à Pascal. Il a gardé ses lunettes de soleil, mais de près, elles ne dissimulent pas ses yeux bouffis par le chagrin. Il se lève, contourne son bureau et sans hésitation me serre dans ses bras.

— Reste avec moi, s'il te plaît.

Alors moi aussi, je le serre, fort, très fort.

— Oui, oui, bien sûr.

Il pleure sur mon épaule, sans bruit, je ressens juste les tressautements de ses sanglots, puis l'humidité de ses larmes sur mon cou. Puis soudain il se redresse, me prend par les épaules, plonge son regard émeraude dans le mien.

— On va chez Tonio, ça nous changera les idées.

Je hausse les épaules et esquisse un sourire :

— Oui, si tu veux, si ça te fait plaisir.

— Tu es venu à pied, comme d'hab' ?

J'acquiesce.

— Donne-moi cinq minutes que je laisse quelques consignes à Isabelle, je te rejoins en bas.

Dans la cour, je décide de retourner voir Marcel. Par la grande baie latérale de son bureau, je l'entrevois en grande discussion, avec une femme qui fait les cent pas devant son bureau. D'ordinaire, le chef d'atelier fait asseoir les clientes, mais celle-ci semble très agitée. De dos, la silhouette est à mon goût, plutôt grande, un cul pommelé mis en valeur par une jupe mi-longue et une veste courte, très, « libération de Paris 1944 ». J'aurais bien aimé voir son visage ou du moins sa chevelure, mais elle a conservé son béret de laine.

Marcel se lève également, de l'autre côté du bureau, je comprends qu'il est nerveux à ses mains qui s'agitent. Comme tout bon latin, lorsqu'il s'emporte, il appuie son discours sur sa gestuelle. Professionnellement, c'est très inhabituel de sa part, lui qui conserve son calme, même devant un client de mauvaise foi. Il a le don de redonner le sourire à un chauffeur de poids lourd, de l'entreprise Schenk ou d'une entreprise de transport extérieure pour lesquelles l'atelier travaille également, après lui avoir annoncé que son véhicule ne sera pas prêt comme prévu, et que le quidam repart comme piéton. Je comprends que cet état de nervosité insolite chez lui est une conséquence du drame que nous vivons.

Depuis la dalle pavée de la grande cour, j'observe ce dialogue animé sans en comprendre la teneur, car Marcel a fermé sa porte.

Il jette soudain un coup d'œil dans ma direction, m'aperçoit, dit encore quelques mots à la femme, la prend par le bras et la pousse littéralement vers la porte côté cour. À peine sur le pas de la porte, il referme derrière elle et se précipite vers l'autre porte de son bureau, celle qui donne directement sur l'atelier. La femme détale vers le porche et tourne à droite sur le boulevard.

Sans motif, je me précipite pour la suivre, mais je n'ai que le temps de la voir s'engouffrer dans un taxi qui devait l'attendre sur la contre-allée. Je ne pense même pas à relever le numéro. Quel mauvais enquêteur je ferais. J'ai l'air con, tout seul sur le trottoir, incapable de m'auto-justifier ce sprint de vingt mètres. Je fais demi-tour, contourne le bureau de Marcel et rentre dans l'atelier en poussant le rideau de lames plastique.

Un mécano jovial, dont le bleu de travail devrait être rebaptisé un marron cambouis, vient à ma rencontre :

— Tiens, le toubib ! Qu'est ce qui veut ?

Décidément ils commencent à m'agacer dans cet atelier, j'ai un prénom, merde ! Marcel, j'admets, mais ce gamin d'à peine vingt-cinq ans, comment se permet-il ?

Je réplique sèchement, le visage fermé :

— Je cherche Marcel.

Mon ton a dû le décourager, car c'est sur un timbre beaucoup moins péremptoire qu'il me répond que Marcel vient de traverser l'atelier comme s'il avait « le feu au cul », a pris le Kangoo de service et vient de sortir par le petit portail, donnant sur l'impasse Reille.

— C'est même pour ça qu'on se marrait, m'sieur Majorès, c'est pas contre vous.

Après une justification aussi scolaire, le mécano me paraît tout à coup plus jeune que vingt-cinq ans. C'est le cambouis qui doit le vieillir.

— Bon, on y va ? me fait Pascal.

Je ne l'avais même pas entendu arriver. Il a mis son cuir de moto et porte un casque sur l'avant-bras. Je le trouve moins pâle que dans son bureau tout à l'heure.

— Tu as vu Marcel ? me demande-t-il.

— Euh …non. Justement je le cherchais.

— Il n'ose plus m'approcher, tu sais, depuis… l'accident…

— Peut-être qu'il culpabilise ?

— Ça, il peut… Enfin je veux dire, je comprends. Mais ce n'est pas une raison. Au moins professionnellement, il faut qu'on communique. Depuis deux jours, tous les collaborateurs se demandent ce qu'il se passe entre nous. Je sais que ça discute ferme pendant les pauses, et le patron du bar le Balto m'a rapporté que le midi, les discussions allaient bon train. Tiens, prends ton casque !

Pascal sourit en voyant ma mine déconfite.

— Ne me dis pas que tu as encore la trouille de faire de la moto ?

— J'ai pas la trouille de la moto, mais de ta moto, ou plutôt d'être sur ta moto, avec toi comme pilote.

— Sérieux, ça fait vingt ans ! Et c'est grâce à ça qu'on est devenus amis.

***

À la fac, nous étions dans le même amphi, mais on ne travaillait pas dans le même sous-groupe de Travaux Dirigés. Je voyais bien que Pascal m'adressait des sourires de loin, mais il était solitaire, jamais à suivre une croupe féminine, ou déjeuner au restau U avec les gazelles de BTS secrétariat trilingue. Alors comme d'autres, je doutais du caractère hétéro de ses orientations sexuelles.

Arrive le jour de la visite médicale, évidemment à dix kilomètres de Jussieu, en banlieue, et loin de tout RER ou métro. Comme je n'étais pas un fan de bus, je cherchais un moyen de me faire véhiculer, dans une des rares voitures dont disposaient les tout aussi rares possesseurs du petit triptyque rose.

Étonnant, mais les filles devaient avoir une carte de priorité, aussi je commençais à galérer, quand Pascal me proposa gentiment de m'emmener sur sa moto.

— Merci, mais je n'ai pas de casque.

— J'en ai deux, pas de blème.

— Super, dis-je. Pour essayer de me convaincre.

Je m'attendais à une Trail125, comme la plupart des deux-roues accessibles aux étudiants à l'époque. La moto en question était une 1 100 GSX Suzuki, un dragster homologué pour la route, de 100 CV, voire plus, si le bridage était passé à la poubelle en sortant de chez le concessionnaire. Une version exclusive, sans concession au confort du passager, c'est-à-dire qu'à part une paire de cale-pieds, rien n'était prévu pour s'accrocher. Je grimpe sur cet engin tout droit sorti du film *Mad Max*, le cul en équilibre au bout de la selle, soi-disant biplace, mais plutôt prévue pour un solo, une moto d'égoïste, quoi !

— Je vais y aller doucement, mais je te conseille de t'accrocher à ma taille par sécurité, me recommande-t-il, en enfourchant sa monture.

Faisant semblant de ne pas comprendre, je serre comme je peux les flancs du carénage sur les côtés de la selle. Première accélération, première glissade vers l'extrémité de la selle, première frayeur. Je serre maintenant de toutes mes forces les minces tôles de métal, mon fil d'Ariane. Les accélérations se succèdent entre les feux de la N20. D'ailleurs je ne devrais pas dire accélération car la sensation n'a rien de progressif, c'est binaire : arrêt-120km/h-arrêt.

Je distingue parfois, au travers de la buée qui envahit mon casque, des formes vertes arrêtées que nous doublons, que nous figeons. Je comprendrai plus tard qu'il s'agit de bus RATP, qui roulent sur la file de droite.

Enfin arrivé au centre médico-social, vivant et entier ! Au retour, j'étais toujours convaincu de ma méthode d'accrochage sans contact avec mon conducteur, malgré les conseils réitérés par Pascal de me cramponner à lui. Peut-être un peu moins concentré qu'à l'aller, je profite d'une accélération légèrement plus appuyée (si, si c'est possible avec une 1 100 GSX), pour abandonner mon conducteur et sa monture, et je me retrouve le cul par terre, en pleine place Denfert-Rochereau.

Le pavé des paveurs de Montrouge est dur, auraient dit les manifestants de mai 1968. Le bitume n'est pas plus confortable.

Pascal freine, dérape, fait demi-tour et vient placer sa moto de manière à me protéger de la circulation. Comme les manœuvres imposées d'un homme à la mer au permis bateau. D'ailleurs, ne suis-je pas comme un homme à la mer, au milieu de ce carrefour, entouré des requins voraces que sont les automobilistes qui me frôlent ?

Vu du sol, même les proues des voitures ressemblent à des faciès de requins.

Pascal soulève la visière de son casque intégral, il est tout pâle :

— Ça va ?

Je me frotte la fesse gauche, celle qui a pris contact avec le sol en premier :

— Sauf mon amour-propre, ça peut aller.

Mais en me relevant, je boite.

— Viens, on va chez mes parents, ma mère est médecin.

***

C'est comme ça que j'ai connu ses parents, adorable couple atypique. Papa : entrepreneur self-made-man, ancien de la marine nationale. Maman : médecin, fille et petite-fille de médecins. Tout de suite adopté, choyé comme leur propre fils, qui n'était d'ailleurs pas du tout intéressé par les hommes, mais simplement un garçon timide, un peu agoraphobe et surtout motard dans l'âme.

— C'est vrai qu'on est devenus amis grâce à ta moto, mais qu'est-ce que mon cul a pris ! (private joke depuis que je lui avais fait part de mes doutes sur ses mœurs). Bon OK pour la moto mais vas-y doucement.

Pascal a un sourire, son premier depuis l'accident :

— T'inquiète, j'ai une surprise pour toi…

— Surprise ? Hum…

— Bonne surprise !

— Tu as ajouté deux roues et une carrosserie à ta moto ?

— Mieux !

— Six roues ?

— T'es con, mais tu ne seras pas déçu.

Nous sommes sur le boulevard, remontant la contre-allée où il stationne habituellement son vieux GSX. Il sort une télécommande de son cuir et, beep-beep ! Une Honda Goldwing 1800, en robe cerise sexy, nous fait des appels de tous ses feux.

— Depuis le temps que tu te plaignais du confort de la place arrière de ma Suzuk', maintenant, je veux plus t'entendre ronchonner.

— Ouah, elle est superbe, vraiment, et c'est un spécialiste motophobe qui te le dit ! Mais tu l'as achetée quand ?

— Lundi, j'étais chez Honda quand, quand le… l'accident s'est produit…

Chapitre I$^{1/2}$

Pas la meilleure soirée passée chez Tonio. Le nez dans sa bière, Pascal n'a strictement rien dit, répondant juste aux saluts des habitués qui entraient, ou sortaient, esquissant une timide mimique de reconnaissance à ceux qui, ayant eu connaissance du drame, lui posaient affectueusement la main sur l'épaule, sans rien oser dire.

Un bistrot de quartier est un monde plein d'humanité, ceux qui sont malheureux au-dehors, viennent chercher le long du comptoir de la chaleur, et pas seulement celle procurée par l'alcool. Coluche et Jean-Marie Gourio l'avaient bien compris, qui collectaient les bons mots de ces Robinson, naufragés involontaires de la cité.

Avant de se quitter, Pascal m'a posé cette étrange question.

— Et pourquoi as-tu quitté Dassault Aviation alors que l'aéronautique a toujours été ta passion ?

— Parce que je ne supportais plus de ne pas être mon propre patron. Et puis d'ailleurs, la technologie je suis toujours dedans. Mais au lieu de mettre au point des armes, je travaille pour la science.

Pourquoi me demande-t-il ça ? Il doit être vraiment mal, et s'interroger sur sa propre vie pour me poser cette question.

Je remonte la rue du Moulin Vert depuis l'église Saint Pierre de Montrouge, et je tourne dans la rue

Hippolyte-Maindron, direction mon petit pavillon. Je flotte un peu sur le pavé, l'India Pale-Ale me cotonne un peu les genoux, mais aucune euphorie ni aucune mélancolie, juste une difficulté à poser les pieds par terre, comme si la gravité s'était soudainement inversée.

La serrure s'est encore décalée dans son coffre, et le cylindre n'est plus dans l'axe, la clé rentre mal. Et comme je n'ai toujours pas remplacé la lampe du perron, je n'y vois rien. La porte n'est pas verrouillée, décidément ! Je distingue une lueur venant de la chambre, j'ai en plus, dû oublier d'éteindre la lumière, en partant ce matin.

Je rentre dans la cuisine sans allumer.

Je ne vais pas faire long feu ce soir, allez, une visite au frigo ! Je sors une bière, la regarde à la lumière pâle du réfrigérateur et je la repose. Assez bu pour aujourd'hui !

Tiens, j'avais acheté du rôti de porc, super, je vais m'en faire un sandwich de célibataire avec cornichons… Si je trouve un bout de pain.

Deux baguettes bien cuites sur la table, odeur de pain frais et chaud, comme j'aime. Mais là ça va plus, je l'aurais acheté quand ce pain ? Ce matin, je suis allé directement au bureau… Et je rentre à l'instant !

Serrure, frigo, pain, et la lumière là-bas au bout du couloir. J'ai l'esprit embrumé par l'alcool mais tout de même…

J'avance vers la lueur, dans la pénombre du vestibule. Ma chambre est au bout du couloir. Dans ces vieilles bâtisses du 14e Arrondissement, les architectes adoraient distribuer les pièces en enfilade, le long de couloirs rectilignes. La démarche hésitante, je frotte un peu le mur avec mon épaule. Décidément je n'aurais pas dû boire la dernière. Comme disait je ne sais plus quel humoriste américain, *un verre me saoule, mais je me souviens jamais si c'est le 13ᵉ ou le 14ᵉ.*

La lumière ne vient pas de la chambre mais de la salle de bains attenante, suite parentale avec salle d'eau, s'il vous plaît ! La porte est entrouverte, je sens qu'il y a quelqu'un. Elle s'ouvre brusquement, la lumière m'éblouit, une forme en contre-jour apparaît et s'écrie.

— Tu m'as fait peur idiot !

Je porte ma main devant les yeux, aveuglé. Le spectre ajoute :

Et qu'est-ce que tu fais dans le noir ?

Mais, vous êtes qui ?

La forme avance dans la pièce, se fait plus nette, pleine de courbes. S'avance encore, c'est une femme, jeune, couverte simplement d'une serviette, ma serviette. Comme un crétin, j'ai gardé la main en casquette au-dessus de mes yeux.

Elle me sourit.

— Tu ne me reconnais pas ?

Elle me prend la main et l'éloigne de mes yeux, plonge un regard vert d'eau, soudainement grave, dans le mien.

Tout s'éclaire soudain dans mon esprit embrumé :

— Julia ?

— Ouiii !

Un large sourire envahit son visage. Mais oui, bien sûr, Julia ! Mais Julia avec dix ans de plus.

J'en bafouille :

— Mais, qu'est-ce que tu fais là ? Enfin je veux dire, je suis tellement heureux de te voir.

Elle s'esclaffe franchement, comme il y a dix ans durant nos jeux avec ses frères, lorsque avec l'effronterie de ses dix-sept ans, elle se moquait de Pascal et moi, alors que chacun des garçons voulait se mettre en valeur à ses yeux.

Julia !

Je n'en reviens pas.

Elle me prend par le bras, comme un couple partant en promenade et m'entraîne vers le lit ou nous nous asseyons.

Je ne la quitte plus des yeux. Je dois avoir l'air un peu bête :

— J'ai tellement de questions, je ne sais pas par quoi commencer.

— Vas-y, je t'écoute, dit-elle en baissant légèrement les yeux.

— Déjà, comment es-tu rentrée chez moi ?

Elle relève les yeux et s'exclame, mi-ironique, mi-agacée.

— C'est ça la chose la plus importante que tu as à me demander ?

— Non, mais c'est la première qui me vient à l'esprit.

— Avec les clés.

— Quelles clés ?

— Celles que tu m'avais données, il y a dix ans.

Chapitre II

Après quelques instants d'hésitation, tout m'était revenu en mémoire. Lorsque Julia était brusquement partie de chez ses parents, la première personne à qui elle avait demandé refuge, c'était moi.

J'en étais fier, mais inquiet aussi, car j'allais devoir mentir à Marcel et lui dire que non, je ne savais pas ce qu'était devenue sa fille chérie.

Les premiers jours, elle resta dans la chambre d'amis, à pleurer ou à lire, en particulier mon intégrale de San Antonio, cent soixante-quinze volumes, ce qui me laissait le temps de la convaincre de retourner chez ses parents. Je ne voulais pas mentir indéfiniment à Marcel, et si je lui ramenais sa fille, mes petits mensonges passeraient juste pour un stratagème. Et puis, elle n'avait que dix-sept ans après tout et je pouvais être accusé de détournement de mineure, d'enlèvement, ou de recel d'adolescente ! D'ailleurs, ses parents avaient déposé une main courante au commissariat de l'arrondissement.

Les premières semaines, je tentais de convaincre Julia, mais elle ne voulait rien entendre. Renouer le dialogue avec son père semblait impossible. Elle m'agaçait et on s'accrochait de plus en plus souvent, je lui reprochais de ne rien faire, comme si cette adolescente était ma fille. Je lui disais qu'elle ne pouvait pas rester éternellement enfermée dans mon petit pavillon, mais que si elle sortait et était reconnue, je risquais de gros ennuis judiciaires. Le dilemme !

Un jour, elle me déclara :

— Si tu me donnes des clés et de l'argent, je pourrai faire tes courses ? Promis je serai discrète, je me déguiserai.

Le lendemain soir, à mon retour, pas de Julia. Vingt minutes plus tard, j'entends la clé dans la serrure, qui hésite, rentre et sort, déjà à l'époque cette serrure était récalcitrante. Je vois entrer une femme entre deux âges, cheveux grisonnants, légèrement voûtée, un fichu sur la tête, le visage rond.

— Mais qu'est-ce que vous faites chez moi ?

Julia éclate de rire, se redresse, retrouve instantanément ses un mètre soixante-dix-huit, pose le filet à commissions sur la table, puis enlève des boules de coton de ses narines et les deux petites balles de mousse de ses bajoues. Un petit coup de fichu dans les cheveux pour enlever la farine qui les recouvrait, et comme par magie, sa teinte auburn réapparaît. Elle est absolument satisfaite de son petit stratagème.

— Tu devrais faire agent secret plus tard, Jamie Bond ?

— J'y penserai, j'y penserai. Tiens, voilà ta monnaie.

— Garde-la, pour les prochaines courses.

— Et je t'ai acheté des aliments plus équilibrés que tes tranches de porc et ta bibine. Poisson, fruits, légumes verts et jus de fruits bio.

— Merci, bon, on verra, mais faut le cuisiner tout ça ?

— Ah ! Parce qu'en plus tu ne sais pas cuisiner ?

— C'est un travail de femme, dis-je, en appuyant ma remarque misogyne d'un large sourire, pour éviter de me faire massacrer. Je me prends quand même un brie fermier au lait cru sur le coin du visage, mais agréablement accompagné d'un éclat de rire.

— Jouer avec la nourriture, alors ça, non !

Je me précipite sur elle, elle esquive, souple comme une panthère, passe derrière moi et court dans le vestibule, puis le couloir. Je réussis à saisir la manche de son t-shirt quand elle passe la porte de la chambre, mais elle continue sur son élan, le coton se déchire, la bretelle de son soutien-gorge apparaît.

— Oups, désolé pour le t-shirt.

Plutôt que de m'engueuler, elle s'arrête, se tourne vers moi et me sourit. Légèrement essoufflée par ce sprint, elle fixe son regard dans le mien et lentement, prend les deux pans de son t-shirt et le déchire de haut en bas.

Elle empoigne alors ses seins à deux mains avec le soutien-gorge de dentelle bleu pâle, comme une offrande, et s'approche de moi. Je ressens sa respiration légèrement accélérée sur mon visage et mon cou. Je me fige, ému par ce brusque changement d'attitude, mon cœur aussi s'est emballé dans ce jeu de course-poursuite.

Sa main droite lâche le sein pour me prendre par le cou, elle approche ses lèvres des miennes, je ne ressens aucune impudeur à me laisser faire par cette fille de dix-sept ans.

Nous basculons sur le lit, elle me chevauche. Je l'enlace, lui caresse le dos, je suis bien. Puis elle se redresse, et d'un geste naturel, elle dégrafe son DIM et laisse tomber sur mon abdomen le frêle morceau de tissu. Elle est belle, elle s'offre à moi.

— Allez ça suffit maintenant, rhabille-toi, fini de jouer !

Je m'entends prononcer ces mots sans avoir conscience d'avoir voulu les dire. Julia me regarde en rougissant, se lève brusquement et part en courant vers sa chambre.

Quelle réaction idiote j'ai eue ! Je suis allé par trois fois frapper à la porte de sa chambre, sans oser entrer.

Je ne l'ai revue qu'à l'heure du dîner. Elle est pâle, ses yeux rougis sont la preuve de ma muflerie. J'aurais pu lui dire autrement, en douceur ou avec un peu d'ironie, mais pas en la jetant comme si ce jeu n'avait pas d'importance pour elle.

— Je suis désolé mais tu comprends, ce n'était pas…

Elle ne lève pas le nez de son assiette et me répond sèchement :

— C'est bon, c'était une connerie, n'en parlons plus.

— Tu es sûre ? Bon tant mieux si tu le prends… bien. Mais tu sais, si tu n'étais pas la fille de Marcel, la sœur de mes potes et que tu n'avais pas dix-sept ans, tu es très attirante et...

— C'est bon je t'ai dit, on passe à autre chose ?

Je cherche à me rassurer en pensant qu'elle a vraiment l'air de bien le prendre. À la fin du dîner, elle rompt le silence qui s'est installé :

— Dis-moi plutôt ce que tu veux pour dîner demain ?

— Eh ben, on va se faire un repas de fête. Foie gras, prends-le à Monoprix, du canard, celui entier, du sud-ouest. Puis une pintade, des morilles et une boîte de truffes. Un fromage de brebis truffé et à l'huile d'olive, au fromager de la rue d'Alésia. Le dessert, je laisse ça à ton feeling.

Julia me regarde en écarquillant ses grands yeux verts. J'ajoute :

— Et un champagne aussi, chez le fromager ils ont un Pommery délicieux. Tiens prends 300 euros.

— Ouah ! C'est la fête alors ?

— Je te dois bien ça, pour me faire pardonner.

Ça me vaut une bise sur la joue et un regard malicieux.

— Je vais te dresser une table de fête et te préparer le repas. Je suis une excellente cuisinière tu sais.

Comme pour me dire : « tu vas voir comme tu vas regretter de m'avoir rejetée ». Puis elle prononça une phrase qui me sembla anodine :

— Mais ne rentre pas avant vingt heures !

***

Il y a longtemps que je n'ai pas été aussi impatient de rentrer chez moi. À vingt heures pile, je suis devant le portillon de mon minuscule jardin. Je sonne, pour avoir le plaisir de voir Julia apparaître derrière la porte semi-vitrée, et m'ouvrir, souriante, dans son tablier de cuisinière accomplie.

Je re-sonne, elle est peut-être en train de se pomponner dans sa chambre.

Bon. Je glisse ma clé dans la serrure, étrangement non récalcitrante ce soir. Une lueur tremblotante parvient de la salle à manger mais tout est calme. Des bougies habilement collées sur des sous-tasses donnent à la table un air de fête un peu suranné. La nappe, le service en porcelaine et les couverts en argent de ma mère sont de sortie.

Seuls les verres sont incongrus, Julia n'a pas dû trouver le carton, rangé en haut de l'armoire normande du salon, alors petit verre à moutarde Spiderman pour le vin, et verre à Whisky Clan Campbell pour l'eau.

J'en rirais presque. Presque, car si l'émotion me fait monter les larmes aux yeux, c'est qu'il n'y a qu'un couvert sur la table, avec une boîte de sardines dans l'assiette plate et une feuille de papier pliée en deux entre celle-ci et l'assiette à dessert.

Je suis partie, c'est mieux. Désolée pour les sardines mais j'avais besoin des trois cents euros.

Je te rembourserai.

PS : je t'aime

Chapitre III

— Alors tu es revenue ?

— Oui, tu vois.

— Ça me fait plaisir de te voir.

— Moi aussi.

— On ne va pas faire un dialogue digne de Prévert ou de Audiard avec des phrases pareilles !

Elle éclate de rire sans lâcher mon regard.

— Oui c'est sûr ! C'est qui Audiard ?

Là c'est moi qui éclate de rire.

— *Les tontons flingueurs*, voyons !

— Ah ! Tu vois, je suis toujours aussi nulle en culture années soixante.

— Non, tu n'es pas nulle et tu ne l'as jamais été, Julia.

On se regarde, troublés, que dire maintenant. J'ai trop peur de lui demander ce qu'elle a fait de ces dix années, peur qu'elle ne soit qu'un rêve, un mirage. Qu'elle reparte comme elle est venue. Alors, ne surtout pas la questionner. La laisser se poser. On se sourit, comme des ados timides à leur premier rendez-vous. Je croise les mains sur mes genoux serrés.

— Tu en as mis du temps à me rapporter mes clés !

— Oh, là, là, les voilà tes clés.

Elle se lève, sa main droite retient la serviette nouée autour de son buste de femme désormais épanouie. Elle plonge sa main gauche dans la poche de son jean posé sur mon lit, et remue un porte-clés Winnie l'ourson devant mon nez, comme la queue du Mickey au manège.

Est-ce qu'elle prépare un jeu, à nouveau une course à travers la maison en priant pour que je l'attrape ?

— Tiens ! Elle lâche le trousseau en ouvrant sa main gauche, Winnie atterrit sur mes genoux.

— Gagné, je murmure, déçu d'avoir vaincu sans jouer.

Quand j'étais minot, j'ai toujours adoré les manèges, surtout les avions et les fusées. Pas les chevaux, c'était pour les filles ! Comme je n'étais pas doué du tout pour attraper la queue du Mickey, la jeune assistante du manège faisait des efforts désespérés pour mettre Mickey à la portée de mes deux mains gauches. Avec application, elle tirait et relâchait alternativement la cordelette. On aurait dit un pêcheur qui désespérerait de voir un brochet mordre l'hameçon de son lancer.

Une moue boudeuse, la tête haute, Julia me provoque :

— Tu veux peut-être aussi que je te rende ta serviette ?

Sa main droite s'ouvre sans attendre ma réponse, la serviette tombe à ses pieds. La version adulte du manège de mon enfance en quelque sorte.

— Gagné, redis-je.

Chapitre IV

— Toujours du café, avec un soupçon de lait froid au fond d'un grand bol ?

— Non, mon estomac ne me le permet plus, j'alterne avec le thé.

Je l'observe dans l'embrasure de la porte de ma chambre, le soleil du Levant l'enrobe d'un halo céleste.

— Tu détestes toujours petit-déjeuner au lit ?

— Pour sûr ! Les miettes, ça gratte.

— Alors lève-toi fainéant, le p'tit déj de monsieur est servi.

Je la contemple, son corps encore plus que son visage. Elle a trouvé mon vieux t-shirt Gaston Lagaffe pour se couvrir. Je ne me souvenais même plus l'avoir gardé, mon début d'embonpoint me rendant positivement ridicule lorsque je le mettais. Julia le porte bien, la tête de Gaston, moulant un sein, semble vouloir sortir du tissu, et le Gaffophone sur l'autre sein est en trois dimensions.

— J'espère que tu n'es pas télépathe, sinon tu vas rougir en lisant dans mes pensées, fais-je. Et tu n'oublieras pas de me rendre mon t-shirt quand tu repartiras sans prévenir, j'y tiens beaucoup.

J'y tiens surtout depuis deux minutes, je crois que je ne le laverai plus jamais.

— Je peux même te le rendre immédiatement, égoïste !

Aussitôt dit… Gaston s'envole pour jouer de son étrange instrument à l'autre bout de la chambre. En me chevauchant, Julia, d'une voix faussement ingénue, me susurre :

— Bon, et qu'est-ce qu'on fait maintenant ?

***

Mon portable n'arrête pas de sonner, c'est Sonia, ma brave Sonia, mon indispensable Sonia. Le soleil n'illumine plus l'encadrement de la porte.

— Quelle heure est-il ?

— Aucune idée, et je m'en fous, répond une voix étouffée sous la couette.

Marrant les filles qui se couvrent la tête pour dormir mais ont la bonne idée de coincer la couette dans leur entrejambe, laissant leur petit cul à portée de main. Dans une ambiance de film érotique, le soleil, aux rayons atténués par les voilages, devient mon complice en venant, dans une caresse, accentuer le charme des globes rebondis, blancs comme du lait cru fermier.

Je rappelle ma fidèle collaboratrice, tout en lançant ma main à la recherche du GRAAL :

— Sonia ?

— Qu'est-ce que tu fous, il est dix heures ?

Je malaxe consciencieusement la paire à ma portée. Émouvant ce qu'une forme essentiellement constituée de graisse et d'eau, comme le cul d'une jeune femme, peut apporter comme plaisir, mieux qu'une boule antistress !

— Désolé Sonia, insomnies, je me suis juste endormi sur le petit matin. J'arrive. Pas de rendez-vous que j'aurais crashé ?

— Non, pas crashé, j'ai anticipé et décalé à quatorze heures. Magne-toi, ton prochain client est à onze heures !

— Merci mon hémisphère gauche. Que ferais-je sans toi ? Bises et à de suite, « mon amour » !

— Fous-toi de ma gueule en plus ! Un jour je me casserai pour un boss plus pro.

Chapitre V

J'y suis peut-être allé un peu fort cette fois, Sonia m'a fait la gueule toute la journée. Un jour c'est sûr, elle me quittera. Je devrais l'inviter à dîner un de ces quatre. Mais d'abord demander à la fouine si Sonia est en couple avec un jaloux en ce moment. La fouine sait tout sur tout le monde dans la boîte, mais ne dit jamais rien, sauf si on la sollicite. Tout le contraire d'une pipelette, une base de données interactive en quelque sorte, un condensé de réseaux sociaux spécifique à PROPTIC, mon entreprise de fabrication d'optiques professionnelles, pour laser, cinéma, télescopes et microscopes. Si je n'ai pas réalisé mon rêve de devenir astrophysicien, au moins je participe à l'aventure scientifique.

— Bon, je me sauve, Sonia, je passe voir Pascal.

— Comment tient-il le choc ?

— Couci couça. Hier on est allés boire un pot, mais son esprit était ailleurs. Ce n'était pas une bonne idée.

Sonia approuve :

— Le drame est trop récent, les obsèques ne datent que de trois jours après tout. Et Marcel ?

— C'est très compliqué pour lui… Il n'est pas dans son état normal.

— Pourquoi tu dis ça ?

— Je ne pourrais pas te dire précisément, mais hier il est parti précipitamment, sans laisser de motif aux mécanos. Et ça, juste après une discussion houleuse avec une jeune femme.

— Comment le sais-tu ?

— Je les ai vus depuis la cour. Dans son bureau, Marcel agitait les mains, il s'est levé et s'est rapproché de la femme, très en colère. Absolument pas une attitude de rendez-vous clientèle.

— Et c'était qui cette jeune femme ?

— Aucune idée, je ne l'ai vue que de dos.

— Mais tu sais qu'elle était jeune, ironise-t-elle.

— Oui, à la silhouette.

Mon indispensable assistante gronde :

— Incorrigible Don Juan !

Sonia m'examine d'un air suspicieux :

— Et ensuite ?

— Comme tout ça me paraissait étrange, lorsque cette femme est sortie précipitamment, je l'ai suivie.

— Oh non ! Mais ce n'est pas un jeu Walter, bougonne-t-elle. Je n'arrive pas à croire que tu l'aies vraiment suivie !

— En fait un taxi l'attendait, ma filature s'est arrêtée net.

— Mais pourquoi as-tu fait ça ? Elle semblait presque effrayée maintenant.

— Ne t'inquiète pas, je n'ai pas pris de risque. Ce n'était pas un caïd d'un cartel de la drogue.

— En tout cas, demain tu n'oublies pas l'anniversaire de la fouine.

— Certainement pas, c'est le moment de l'année où je reconstitue mon fichier d'infos croustillantes sur vous tous. Et te concernant, ma connaissance de ta vie sentimentale est vraiment obsolète, plus rien depuis trois mois. La fouine aura au moins dix pages de rapport… sur tes rapports, à rédiger.

— Très drôle !

Je décide de faire un détour par mon pavillon décrépi de la rue Hippolyte Maindron, pour faire un petit câlin à Julia avant d'aller au garage. Évidemment le petit câlin est devenu gros et je n'ai plus aucune envie de ressortir. J'envoie un SMS à Pascal pour le prévenir de ne pas m'attendre, et je lui promets de passer le voir demain à la première heure, avant d'aller chez Proptic.

Chapitre VI

Grand garage Schenk de Montsouris, 7 h 00

Sept heures tapantes, Marcel n'est pas dans son bureau, sûrement en train de sermonner un apprenti qui glandouille, ou un mécano qui ne s'est pas lavé les mains entre deux interventions hier. Marcel est un chirurgien des véhicules. Et le matin, il commence toujours sa journée par le tour des ateliers. Je croise le mécano qui, hier, m'avait décrit le départ précipité de Marcel.

— Marcel est dans l'atelier ?

— Ah, non ! Malade.

— Malade ? Marcel !

— Ouais, c'est pas son genre, mais quelqu'un vient d'appeler pour prévenir. Un refroidissement, à ce qu'il paraît. Sûrement parce qu'il courait trop vite hier, s'exclame-t-il, hilare.

Je suis certain que le gus pense à une histoire de sexe, même si ce n'est pas le genre de Marcel, mais après tout… Je profite de la bonne humeur du bonhomme :

— Tiens, au fait, si c'est un rendez-vous galant, j'ai ma petite idée derrière la tête.

Le mécano est appâté.

— Ah oui ? Racontez-moi, que je me fasse mousser auprès des potes.

— Hier, j'ai vu une cliente, plutôt accorte, dans le bureau de votre chef d'atelier. Tu ne saurais pas qui c'est par hasard ?

— Une cliente, vous plaisantez ?

— Ben non.

— À moins que le chef remplace Mister Chic et ses stagiaires ?

C'est comme cela que certains employés surnomment Julien Mage.

— Non, je pensais à une cliente du garage.

— Ben m'sieur, ça fait plusieurs années qu'on fait plus ça, trop de travail avec les camions, on fait plus d'extras sur les véhicules particuliers, formellement interdit par le patron. Déjà que pour le black sur nos voitures, c'est galère.

Bien sûr, quel con je fais. Mais alors ? Je vais en parler à Pascal, cette visite mystérieuse me tracasse. Ça va le faire rire, mais bon, je suis habitué, depuis quinze ans.

Personne dans les bureaux, ni au marketing, ni à la facturation, ni au secrétariat. Même le bureau de Pascal est éteint. Lui qui pourtant arrive avant sept heures, comme Marcel. Sans pouvoir m'expliquer ce qui m'anime, puisqu'il n'y a pas de lumière, je m'avance quand même vers la porte au fond du couloir. Logiquement elle doit être verrouillée. Dessus, un simple écriteau.

Pascal Schenk Directeur Général

Il devrait être écrit « Président » depuis le décès de son père, mais Pascal n'a jamais voulu modifier son titre. Le président sera toujours, pour lui comme pour tous les employés, celui qui a fait de cette entreprise un fleuron du transport logistique routier. Ma main se pose sur la poignée et appuie. Je pousse et la porte s'entrouvre.

Mon cœur s'accélère, je cherche maladroitement de la main l'interrupteur. Tout semble en ordre malgré cette porte, exceptionnellement non verrouillée. Je m'avance au centre de la pièce. La lumière de l'aube éclaire les toits de Paris et le sommet des arbres du parc, au-delà du petit balcon. Je me tourne sur la droite, le coffre est béant, des dossiers sont étalés sur le parquet. Et au milieu de ce fatras, les clés de la Goldwing.

Le fauteuil, au fond de la pièce, est étrangement penché de travers. Mon cœur bat la chamade. Je contourne le bureau, un homme gît sur le sol, face contre terre, dans une mare de sang. Un des pieds du fauteuil lui transperce le dos au niveau du poumon gauche.

Marcel.

Chapitre VII

Je redemande un verre d'eau. Ce n'est pas grand-chose un verre d'eau, et si ces satanés flics ne comprennent pas que ma gorge est tellement sèche que je ne pourrai pas leur raconter grand-chose, c'est à désespérer de la police nationale.

Huit heures que je suis dans ce petit bureau qui pue le tabac froid. La loi antitabac ne doit pas être applicable dans les commissariats. J'ai envie de vomir par moments, surtout quand je pense à la scène de crime avec... ce pied de fauteuil et Marcel baignant dans son sang.

Et Pascal, où est-il ? Ils ont dû l'emmener ? Mais qui « ils » ? Et où ? Et pourquoi surtout ? Est-il sain et sauf ?

Qu'ont-ils volé dans le coffre ? Pascal ne devait pas y laisser beaucoup de liquide, n'étant pas adepte du paiement au black, intègre jusqu'au bout des ongles. Et Marcel, pourquoi l'ont-ils sauvagement assassiné ? Et cette mise en scène macabre avec le fauteuil ?

Le médecin légiste a dit qu'il était mort la gorge tranchée par un couteau à grande lame, genre commando, qu'il n'avait pas dû souffrir, car la mort est très rapide lorsqu'on tranche la carotide et la jugulaire. Pourquoi alors, lui perforer dos et poumon avec le pied du fauteuil ? Le légiste pense qu'il a fallu une force considérable pour transpercer les côtes dorsales.

Heureusement que Julien arrivait lorsque je suis sorti en titubant du bureau. J'étais livide, paraît-il, on le serait à moins. Je lui ai donné en tremblant mon smartphone, incapable que j'étais d'appeler les secours. Julien avait déjà le sien en main, comme s'il pressentait le malheur, ou bien alors il m'avait entendu crier.

Cinq minutes plus tard, Isabelle courait derrière le médecin urgentiste et deux infirmiers du SAMU, bouteilles d'oxygène et sacs de premier secours sur le dos. Julien l'avait bloquée par la taille, comme au rugby, pour qu'elle n'entre pas dans le bureau à la suite des secours. Il a eu beaucoup de sang-froid, beaucoup plus que moi.

Il est dix-sept heures. Dix heures maintenant que ça s'est produit. Je n'ai rien avalé de la journée, à part un café avec le légiste. Et puis l'inspecteur m'a demandé de le suivre, pour témoigner qu'il a dit. Il m'a pris pour un con, je sais très bien qu'ayant été sur les lieux en premier, je suis en tête de leur liste de suspects. Ça se voit à sa manière de me demander si j'avais pour habitude de rendre visite à Pascal à sept heures du matin, et de pénétrer dans son bureau vide.

Ah ! Une charmante jeune femme brune, menue, les seins en poire sous un lainage fin, cheveux courts à la garçonne, entre dans mon réduit enfumé, avec une bouteille d'eau et deux sandwichs ! Si je ne me retenais pas je l'embrasserais. D'ailleurs puisqu'elle me sourit, je vais tenter une approche. Je ne me suis jamais fait une fliquette, ni même une assistante, stagiaire ou secrétaire de police.

— Voilà de quoi vous caler l'estomac, dit-elle en me toisant de haut en bas. J'imagine que vous n'avez pas dû avaler grand-chose depuis ce matin.

Elle replie sa jambe gauche et se cale avec le pied contre le mur, relève machinalement les manches de son gilet et croise doucement les bras.

— Rien en effet, à part un café offert par le médecin légiste. Mais grâce à vous je vais revivre.

Et, hâbleur, j'ajoute :

— Comment pourrais-je jamais vous remercier ?

— Attendez avant de me remercier, me répond-elle froidement.

Elle me fixe, me tend un bras ferme, athlétique, prolongé d'une main abondamment baguée et délicatement manucurée de frais.

— Commissaire Antonelli !

Je reste bouche bée, l'air con en définitive. Dire que je pensais faire du gringue à une assistante !

— Un problème Monsieur Majorès ? Restez assis, je vous en prie. Est-ce que vous vous sentez capable de prendre votre collation tout en répondant à mes questions ?

— Je ne suis qu'un homme, donc mono tâche, mais oui, je crois que j'y arriverai.

— Parfait ! Alors commençons, Monsieur Majorès.

— Vous allez reprendre mon interrogatoire depuis le début, pedigree, liens avec les victimes, raisons de ma visite, etc. ?

53

— Je reprendrai autant que je le souhaite, et plus vous m'interromprez, plus cet entretien risque de durer. Une objection ?

Hem ! Pas facile la petite.

— Non, Madame la Commissaire, simplement, je suis fatigué.

— Nous sommes tous fatigués, ça fait trois jours et trois nuits que je suis sur cette affaire.

— Mais comment ça ?

— Ne recommencez pas à m'interrompre ! Ou alors, pour dire quelque chose qui nous fasse avancer.

Un coup discret à la porte.

— Oui ?

Un grand type baraqué passe une tête, timide comme un élève qui arrive en retard le jour du contrôle de connaissances.

— Oui Stéphane ? lui assène Madame le Commissaire.

— Madame le Divisionnaire, un appel de MILAN.

Il lui tend son mot d'excuse. Bizarre de voir un grand type tout plein de muscles, jouer les collégiens effarouchés devant cette donzelle.

— Bien, très bien. Dites au PM que je serai à Levallois dans une heure.

— Bien Madame le Commi...Et vlan ! La porte se referme sur l'importun.

— Oui Monsieur Majorès ?

— Hem, c'est-à-dire, je pensais que j'avais peut-être droit à un avocat ?

— Un avocat, pourquoi ? Vous avez des choses à vous reprocher ? persifle le commissaire.

— C'est-à-dire que je pensais que si vous me gardiez, c'est que...

Elle contourne ma chaise :

— C'est que quoi ? On va discuter un peu, c'est tout, dit-elle en posant la moitié de son petit cul sur le coin du bureau métallique.

Elle pousse le dossier de mon fauteuil pivotant pour me placer face à elle, et pose la pointe de son pied louboutinisé sur le tissu du fauteuil, à trois centimètres de mon entrejambe.

— Ça vous pose un problème ? minaude-t-elle.

— Non, mais... Hé !

D'une puissante impulsion du pied, la commissaire vient de me pousser avec mon fauteuil à roulettes. Me voilà parti en arrière sur un bon mètre. En compensation, sa jambe tendue m'octroie une vision fugitive sur sa petite culotte blanche. Elle se relève énergiquement et se dirige vers la fenêtre, comme si la vue de l'avenue du Maine méritait qu'elle y attarde son regard. Bras croisés, elle fait un peu institutrice, absorbée par l'artère encombrée de parisiens de retour du labeur et de taxis pleins de Bretons venus s'encanailler à la capitale en cette période de salon. Une institutrice, mais en tailleur de marque, sur mesure.

— De toute façon, je ne peux pas vous accorder la présence d'un avocat, car vous n'êtes actuellement pas considéré comme étant en audition.

— Mais alors, ça signifie que je suis libre de partir ?

— Non ! Elle se retourne, fébrilement, toujours les bras croisés.

— En réalité nous sommes dans une affaire de sécurité nationale, les conditions de la justice ordinaire ne s'appliquent pas. Vous êtes sous juridiction spéciale. Je travaille pour la DGSI, au sein d'une cellule qui dépend directement du Premier ministre. Alors voilà, soit vous collaborez, soit personne n'entendra plus jamais parler de vous. Je suis tout à fait sérieuse. D'ailleurs à la fin de notre… *entretien*, vous serez transféré à Levallois, au siège de la boîte. Si les réponses que vous allez m'apporter maintenant me satisfont, il ne s'agira que de vous mettre, comment dire, au frais, pour vous protéger, durant vingt-quatre à quarante-huit heures. Sinon…

Je suis subitement très inquiet :

— Qu'est-ce que vous voulez savoir ? murmuré-je.

— Tout ce que vous n'avez pas dit à mes collègues. Je me fous de ce que vous foutiez à sept heures du matin devant le coffre de votre ami, avec le cadavre du chef d'atelier à vos pieds. Je veux savoir à qui vous avez remis les documents.

— Quels documents ?

— Monsieur Majorès, je suis persuadée qu'ils vous ont contraint à le faire, peut-être même qu'ils ont tué le chef d'atelier devant vous, pour vous convaincre de leur sérieux.

— Mais je ne comprends rien ! Lorsque je suis arrivé, il n'y avait que le corps de Marcel dans le bureau et le coffre était déjà ouvert.

— Non, Monsieur Majorès, Le coffre n'était pas ouvert !

— Mais si !

— Elle s'approche de moi en me fixant intensément, et affirme d'un ton toujours ferme :

— Le coffre n'était pas ouvert puisque c'est *vous* qui l'avez ouvert, affirme-t-elle en me mettant son index sur la poitrine.

— Pourquoi dites-vous ça ?

— Simplement parce que vos empreintes sont sur la poignée et le clavier du coffre. Et il n'y en a aucune autre.

Chapitre VIII

Le taxi bougon rechigne à me ramener chez moi, mais même un kilomètre, je ne m'en sens pas capable. Il est deux heures du mat', la mégère à petit cul a fini par me relâcher malgré la menace de m'embastiller à Levallois. Je crois que j'ai fini par la convaincre que je n'étais pour rien dans cette sombre affaire.

Je ne dois pas quitter Paris, pas un problème. Qu'irais-je faire de l'autre côté du périph ?

Je n'ai pu contacter Julia qu'en sortant du commissariat principal du 14e, après avoir récupéré mon téléphone. À sa voix tremblante, je crois qu'elle était inquiète pour moi. C'est drôle cette sensation de penser que quelqu'un se soucie de vous. Et puis ça fait tellement longtemps que je n'avais pas éprouvé cette sensation. Étrangement, elle ne m'a pas parlé de Marcel, son père. Serait-elle encore fâchée avec lui après dix années ?

Elle m'attend sur le canapé, dans mon t-shirt Gaston, les pieds repliés sous elle, comme une épouse attendant anxieusement le retour de son mari travailleur de nuit. Ses yeux sont remplis de fatigue, elle m'embrasse, ses lèvres sont chaudes. Mes mains s'attardent sur son corps, elle a le cul et les pieds gelés. Alors je la prends dans mes bras et l'emmène vers la couche nuptiale, on se sourit sans rien se dire.

***

Je me réveille, j'ai chaud, on a dû s'aimer pendant des heures, c'est plus de mon âge. Le lit est vide à côté de moi, Julia doit avoir soif. J'en déduis que j'ai dû assurer dans mon rôle d'amant, alors ?

Soif aussi, je vais la rejoindre à la cuisine, elle n'a pas allumé pour ne pas me réveiller, douce enfant :

— Tu es là dans le noir, pas de blague, hein, tu sais que j'ai le cœur fragile ?

Une intense lumière blanche m'éblouit soudain et une voix effrayante, comme sortie d'un synthétiseur, m'ordonne de ne plus bouger. Il y a deux sources de lumière aveuglantes en fait.

Je lève instinctivement les mains, les lumières se baissent légèrement et je distingue deux hautes silhouettes. Celle de gauche tient une Maglite dans la main gauche et une arme pointée sur moi dans l'autre. La silhouette de droite, en plus de la lampe torche braque également une arme, sur la tempe de Julia, terrorisée.

— Julia, tu vas bien ?

— Monsieur Majorès, je vous conseille de ne pas jouer au héros, dit la voix de celui qui me braque. Et tout se passera bien.

— Mais que nous voulez-vous ?

— Rien qui vous concerne directement Monsieur Majorès. Vous êtes entré dans une affaire qui ne vous regarde pas, et le mieux que vous ayez à faire est de nous laisser partir, avec Julia.

— Non ! Laissez-la, elle n'a rien à voir avec vos salades.

Instinctivement, je me précipite sur celui qui menace Julia. Surpris, il s'écarte d'elle pour éviter mon coup de boule, mais je trébuche sur la jambe de Julia et m'étale de tout mon long. Aïe, une douleur à la hanche m'empêche de me relever, sciatique ? La douleur se transforme en deux secondes en chaleur qui envahit ma jambe, mon dos, et je plonge dans le noir.

***

Je suis allongé sur le parquet. Un étau me comprime le crâne du front jusqu'aux cervicales. Je me mets d'abord à quatre pattes puis je m'accroche au canapé pour me redresser. Plus trace de Julia ni de nos agresseurs. Ne serait-ce une tache jaunâtre sur le tapis crème, rien ne laisse supposer ce qui s'est passé il y a… D'ailleurs quelle heure est-il ? Cinq heures ! J'ai dû rester sur le ventre au moins une demi-heure. En examinant cette tache étrange, je trouve au centre une mince aiguille prolongée d'une capsule d'où s'échappe ce liquide jaunâtre, et je me masse machinalement la hanche. Une seringue hypodermique ? Direction la salle de bains, de l'eau froide sur la tête, je récupère un peu.

Je devrais appeler la police, mais je tâte dans ma poche et sors la carte du Commissaire Antonelli. *« Si le moindre détail, vous revient ou s'il se passe dans votre environnement un évènement étrange, appelez-moi sans tarder, quelle que soit l'heure. »*

On décroche dès la première sonnerie, elle ne dort donc jamais ? Je décide de ne pas parler de la présence de Julia.

— Oui Monsieur Majorès ?

— Comment savez-vous que c'est moi ?

— Quelle importance. Je vous écoute.

— Je viens d'être agressé chez moi.

— Par qui ?

— Deux hommes, grands et baraqués, comme votre lieutenant machin, mais habillés de noir, armés de flingues longs comme des cannes à pêche. Et ils m'ont endormi avec une sorte de seringue hypodermique, comme dans Daktari.

— Daktari ?

— Oui, bien sûr, laissez tomber, vous êtes trop jeune.

— Merci, mais pas tant que ça. Ils sont toujours là ?

— Ben non.

— J'arrive, ne bougez pas, n'ouvrez à personne.

— Même à vous ?

— Non, même pas à nous.

Chapitre IX

Évidemment j'aurais dû m'en douter, l'Antonelli's commando n'a pas besoin que je lui ouvre, ils ont des clés passe partout. Le lieutenant « Stéphane » précède sa chef, Miss espion et une demi-douzaine de clones de Stéphane suivent sans bruit, transportant diverses malles métalliques de plusieurs tailles. Ils commencent à déballer le matériel électronique qu'elles contiennent, et l'installent dans le salon.

— Ça va ? me demande-t-elle.

— Un peu mal à la hanche.

— Faites voir, elle m'attrape par le bras pour me faire pivoter et baisse mon boxer sans autre formalité. Elle pose la main sur ce que je dois qualifier de ma fesse droite, et tâte l'endroit douloureux.

— À part un gros bleu, vous n'aurez pas de séquelles et elle me balance une petite claque sur la fesse.

— Aïe ! Ça va pas ?

Et je ne peux pas réprimer un fou rire nerveux.

Son regard se pose sur le tapis taché.

— Ah, voilà l'arme du crime. Si j'en juge par la quantité de soporifique sur votre tapis, vous n'avez absorbé qu'une faible partie de la dose. Sinon vous auriez dormi au moins six heures. La seringue a dû se détacher de votre jolie fesse lorsque vous êtes tombé. Bon, profitons de cette avance horaire pour essayer de retrouver ces… malfrats. Alors Monsieur Majorès, racontez-moi exactement ce qui vous est arrivé.

Elle s'assoit sur une chauffeuse et me laisse les coussins moelleux du canapé, je me pose de biais sur ma fesse indemne. Elle se penche en avant, joint ses mains comme un prêtre à confesse, et me fixe de son regard bleu acier.

— Que voulaient-ils ces deux hommes ?

— Mais je n'en sais rien.

— Monsieur Majorès, je croyais que vous aviez confiance en moi maintenant… D'ailleurs, c'est bien vous qui avez fait appel à moi ?

— Oui, je vous dirai tout ce dont je me souviens, mais ne me demandez pas l'impossible. Par exemple, leur voix était déformée, comme transformée par un synthétiseur.

Antonelli se retourne vers un de ses sbires, penché sur un ordinateur portable, auquel ses collègues connectent des câbles d'une dizaine de mètres terminés par différents éléments que je qualifierais de capteurs :

— C'était un Vocodeur ?

— Certainement Madame, lui répond le technicien.

Elle me tend d'étranges lunettes, semblables à celles pour regarder la TV 3D active :

— Vous êtes prêts messieurs ? Oui, alors éteignez.

— Monsieur Majorès, mettez ces lunettes, et ne bougez plus de votre fauteuil s'il vous plaît, jusqu'à ce que la lumière se rallume.

Une étrange lumière orange, très faible, prend la place de l'éclairage de mon lustre. Puis un laser vert balaie la pièce et miracle, quatre formes apparaissent.

— Enregistrement ! annonce un des « Stéphane »

— OK, c'est bon pour moi, lui répond un second clone.

Deux minutes plus tard la lumière se rallume.

— C'est fini Monsieur Majorès, vous pouvez enlever les lunettes maintenant, et vous permettrez que je ne vous les laisse pas en souvenir. Donc résumons, deux hommes armés, équipés d'un appareil à déformer la voix, vous ont pris en otage, puis drogué, et enfin ils sont repartis sans rien prendre, ni même retourner votre maison pour y chercher quelque chose. Vous ne trouvez pas cela étrange ?

— Si, bien sûr, même complètement loufoque.

— Oui, « loufoque », c'est le mot.

— Savez-vous pourquoi ils ont pris la peine de déformer leur voix ?

— Non, enfin oui, pour pas qu'on les reconnaisse ?

— On ?

— Enfin pour pas que *je* les reconnaisse.

— Vous fréquentez décidément de drôles de personnes, Monsieur Majorès.

— Mais enfin ! Qui voudrait m'agresser parmi mes connaissances ? Et pourquoi ?

— Qui ? Nous le saurons bientôt. Pourquoi ? Vous seul pouvez trouver la réponse.

— Ah, vous avez une piste ?

— Mieux, un enregistrement.

Un frisson me parcourt le dos.

— Vous avez posé des micros chez moi ?

— Oh, c'est beaucoup plus simple avec les techniques modernes. Laissez-moi vous expliquer. Lorsque nous vous avons emmené au commissariat pour interrogatoire, nous avons gardé vos affaires personnelles, et il a suffi d'ajouter dans votre smartphone une petite puce avec un capteur de mouvement. Ce capteur envoie donc un signal lorsque vous, ou plutôt lorsque votre téléphone, est en mouvement. Nous pouvons alors prendre la main sur votre smartphone et utiliser la ligne pour capter votre conversation téléphonique, ou bien même une voix à proximité du micro.

Un filet de sueur glacée me coule dans le dos.

— Madame, dit le technicien, en lui tendant un casque.

Je suis dans une galère noire. Si toute la conversation entre les kidnappeurs et moi est dans leur PC portable, ils vont découvrir la présence de Julia. La Commissaire est assise au bord du fauteuil, en face du matériel informatique, et tient le casque à deux mains, comme le ferait un DJ qui cale son prochain morceau. Elle a d'imperceptibles mouvements de tête, de haut en bas, comme pour assimiler un rythme. Elle montre l'écran du PC où évoluent de mystérieuses courbes, telles des rythmes cardiaques. Le geek se penche à son oreille, elle acquiesce. Enfin elle retire le casque, se retourne vers moi avec un sourire sarcastique :

— Très intéressant tout cela.

Elle revient s'asseoir en face de moi et reprend sa position initiale, mains jointes, penchée en avant. Elle me fixe à nouveau.

— Monsieur Majorès, avez-vous un sommeil agité ?

Elle me met vraiment mal à l'aise cette fliquette. Que répondre ?

— Combien de fois vous êtes-vous levé avant l'épisode qui nous occupe ?

— Je ne crois pas m'être levé. Comme vous le savez je suis rentré chez moi très tard et je me suis endormi presque immédiatement. Cette journée m'avait épuisé. J'imagine que vous le comprenez ?

— Monsieur Majorès, dit-elle en se tournant vers le PC, il se trouve que ce système est extrêmement fiable. Et lorsqu'il se déclenche, c'est qu'il y a eu une détection du capteur de mouvement significative. Pas le simple fait de se retourner dans son sommeil ou de la chatte qui saute sur le lit !

Et pourtant la chatte sautait dans le lit, pensais-je, au lieu de me concentrer sur mes réponses.

Antonelli me regarde fixement comme si elle lisait dans mes pensées.

— Alors à quelle heure exactement vous êtes-vous couché ?

— J'imagine vers trois heures ?

Elle se retourne vers le Geek à la manœuvre sur l'ordinateur, et l'interroge du regard.

— Je confirme, dernier mouvement à *3 h 02 min 15 s*.

Je souris intérieurement, je vais le baiser votre système, mes cocos.

Mais supergeek continue.

— Reprise des mouvements sur une fréquence de quinze par minute à partir de *3 h 27 min 32 s* qui s'accélère jusqu'à trente-huit par minute pour s'interrompre brusquement à *3 h 31 min 18 s*.

Je rougis, Miss Holmes me regarde, elle rosit également.

— Ai-je besoin de vous demander ce qui a pu déclencher cette, comment dire, cavalcade de mouvements ?

— Après cette journée mouvementée, j'avais du mal à trouver le sommeil, alors je me suis accordé une petite détente manuelle, un petit plaisir solitaire, si vous voulez tout savoir.

— Bon, bon, c'est parfait.

Miss Columbo est maintenant aussi rouge que moi, ça nous fait un point commun, mais je ne relève pas, ce n'est pas le moment.

Je tente de profiter de mon avantage provisoire et prends un air outré :

— Mais qu'est-ce que mes activités onaniques ont à voir avec votre enquête ?

Madame la commissaire met sur ses oreilles le casque audio que lui tend le technicien.

— Calmez-vous Monsieur Majorès, Vous allez comprendre.

Elle retrouve son teint laiteux, reprend son assurance et son petit sourire narquois :

— Donc après cette... séance... J'imagine que vous êtes allé, faire un brin de toilette, ou uriner ?

— Non, je m'endors toujours rapidement après, c'est le but d'ailleurs.

Pourquoi ai-je répondu du tac au tac, le piège ! Je suis hors de moi. Je me taperais si je pouvais. En attendant, je transfère mentalement ma colère sur ce crack de l'informatique. J'ai envie de l'insulter, au moins en pensée.

— Alors comment expliquez-vous qu'à 3 heures et...

— *3 h 54 min 22 s* exactement, Madame la Commissaire, fayote la « raclure de fils dégénéré de Bill Gates ».

— À *3 h 54 min* donc un nouveau mouvement. Puis plus rien jusqu'à l'heure supposée de votre propre lever à *4 h 02 min* ? Êtes-vous somnambule ?

Je commence à accuser le coup. La commissaire poursuit :

— Comme je vous l'ai expliqué, ce système déclenche également un enregistrement des conversations téléphoniques et des bruits ambiants.

Trois des barbouzes sont maintenant dotés de casques audio, et se marrent comme des baleines en écoutant quelque chose qui ne va sûrement pas me plaire.

— Et je dois vous dire que vous êtes particulièrement expansif lorsque vous vous masturbez, étonnamment même, vous prenez des intonations de femme en train de jouir. Vous avez manifestement un don pour l'imitation.

Je suis KO debout. Je balbutie :

— Comprends pas…

— Ce que je comprends, moi, Monsieur Majorès, c'est que je vous ai fait confiance et que vous vous foutez de ma gueule.

Les trois autres machinos, ceux qui n'étaient pas en train de se marrer en écoutant les gémissements de Julia, reviennent de ma chambre où je n'avais pas remarqué qu'ils avaient installé le système laser qui avait auparavant scanné le salon.

— La visu infra est prête, Madame.

— Bien, dit-elle sans me quitter des yeux. Alors si nous regardions une petite séance de cinéma ? Sonore bien entendu !

« L'enflure de geek de Windows vérolé » tourne son PC vers nous, appuie sur < enter > et la séance commence. Je débarque en pleine science-fiction. Tout d'abord un gros compteur h/mn/sec en haut à gauche de l'écran, comme pour une station de montage vidéo. L'image, fixe dans un premier temps, dans des tons verdâtres, montre mon lit avec très clairement deux formes, deux ombres plutôt, allongées.

— *Monsieur Majorès,* dit la Commissaire excédée, je vais *encore une fois* faire preuve de pédagogie à votre égard. Ce que vous voyez là, officiellement, n'existe pas. Même dans les boutiques en ligne de High-Tech, même par le Dark Net, vous n'aurez pas accès à cette technologie.

Madame Antonelli reprend son calme et expose le fonctionnement de cette installation digne d'un roman de science-fiction :

— Vous savez certainement que les différents matériaux ont une température de surface différente. La technologie infrarouge ou intensificateur de lumière existe depuis bien longtemps et permet, par exemple, de suivre des êtres vivants dans une nuit noire. Cette technologie, c'est la même chose, puissance 100. Car le rayon laser que vous avez vu tout à l'heure scanner la pièce est connecté à des capteurs dont la résolution est si importante, qu'ils peuvent également mesurer la vitesse à laquelle baisse la température de chaque centimètre cube de la pièce, ce qu'on appelle dilution dans le milieu adiabatique. En clair, avec

71

ce capteur laser ultrasensible et un logiciel très performant, non seulement nous retrouvons la trace de tout être vivant ou matériaux chauds qui ont été présents dans un lieu, mais également les déplacements de ces « objets ». La technologie actuelle permet de détecter les objets qui étaient présents lors des trois ou quatre dernières heures. Nous allons donc maintenant, en synchronisant avec le capteur de mouvement, avoir l'image et le son de votre nuit, Monsieur Majorès.

Le commissaire Antonelli ménage ses effets avant de conclure :

— Voici, en quelque sorte, la première machine à remonter dans le temps.

Chapitre X

J'adore le cinéma, je raffole déjà moins des films de famille, mais l'idée de me voir forniquer à l'écran me révulse. Ce n'est pas à bientôt quarante ans que je vais me convertir aux sextapes. Et mon mensonge sur la présence de Julia va m'attirer des tonnes d'emmerdes.

Pas de générique, seulement ce compteur de temps calé à *3 h 27 min 32 s* et la scène qui s'anime. Tout d'abord nos gémissements qui se transforment en feulements, Julia penchée sur mon abdomen, puis Julia à cheval sur moi. Moi, au confluent de son compas, puis derrière elle. Un dernier cri de jouissance, les corps exultent. Contrairement à ma crainte, pas de rires niais des spectateurs, juste un silence gênant.

Je regarde discrètement en direction de la Commissaire, elle semble concentrée sur nos ébats comme sur une scène de crime. Pro jusqu'au bout. Le compteur, et donc l'image s'arrêtent brusquement à *3 h 31 min 18 s.*

Mon ego en prend un coup, quatre minutes et quatre secondes, préliminaires et douche non compris. Pas sûr que la Miss Antonelli s'inscrive sur ma liste d'attente. C'est dommage, il n'y a pas grand monde dans ma file d'attente en ce moment.

— La suite, ordonne la chef d'orchestre.

Et la séance reprend après ce bref entracte. Le compteur s'est recalé à *3 h 54 min 22 s.* Julia se retourne vers la table de nuit de son côté, un téléphone vibre. C'est le sien. Elle chuchote.

— Oui…. Quoi ? … Ici, vous êtes fou ! … J'arrive.

L'ectoplasme de Julia se lève doucement, avec un luxe de précautions pour ne pas me réveiller, et sort de la chambre tout en regardant dans ma direction. La porte se referme doucement, ne pas réveiller bébé.

— Passez sur le salon !

L'image du salon, aussi facile à interpréter que celle de la chambre apparaît. Le compteur s'est incrémenté de quelques minutes. Tout d'abord, personne dans la pièce. Où est passée Julia ? À la cuisine ?

Non, elle apparaît en haut à droite de l'image, donc revenant de l'entrée. Elle est suivie par deux hommes ! Elle ne semble pas menacée, ils n'ont pas leurs armes à la main.

— Vous avez pris un gros risque en venant ici, chuchotte Julia.

— Oui, mais comment faire sinon ? lui demande le plus grand des deux.

— Eh bien, je viens avec vous, on active le plan B.

— Et comment vous allez expliquer ça au gus ?

— Je suis déjà partie sans prévenir il y a dix ans, je crois que je vais refaire la même chose.

— Pas le pot ce mec, renchérit le plus « petit ».

Un bruit vient de la chambre.

— Merde ! Sortez vos armes et menacez-moi, ordonne Julia.

La suite, je la connais, mais la Commissaire non, et rapidement ça ne lui plaît plus du tout.

— Monsieur Majores, je crois que vous allez nous suivre. Prenez quelques affaires, fermez l'eau et la porte à double tour. Je ne pense pas que vous serez de retour chez vous de sitôt.

Chapitre XI

Je cauchemarde, je vais me réveiller dans mon lit. Avec Julia à mes côtés. Ah non ! Pas avec cette fille qui ne m'amène que des ennuis. Elle se barre sans prévenir en petite peste, me revient en femme épanouie, romantique, dix ans après, au moment précis où j'en ai le plus besoin, pile quand ma vie débloque. D'abord le départ de Clara, les malheurs de Pascal, et là, pire que tout, Julia n'est pas celle que je croyais... Mais qui est-elle d'abord ? Et qui sont ces hommes à qui elle a ouvert après un appel mystérieux ? Et que se sont-ils dit dans le vestibule, et que la technologie des Antonelli's boys n'a pu capter ?

Je pense à tout cela et à plein d'autres choses que je vous narrerai plus tard, en étant coincé entre deux malabars, à l'arrière d'une Audi Q7 banalisée aux vitres et pare-brise surteintés. Je croyais que c'était interdit ces vitrages surteintés... Sauf pour la police évidemment ! Du coup on dirait une voiture de truands, ou plutôt un convoi du Président des USA, car composé des trois mêmes véhicules noirs. Un devant, puis celui dans lequel je me trouve et j'aperçois les phares du troisième dans le rétro intérieur de notre limousine.

— Laura, où en êtes-vous ?

Eh oui, Madame Antonelli a un prénom si j'en juge à la manière dont une voix vient de l'interpeller par radio.

Laura, qui est à côté du conducteur, bascule un interrupteur devant elle qui coupe le haut-parleur, attrape un micro-casque et entame une rapide conversation avec le mystérieux interlocuteur.

Madame la commissaire chuchote, penchée sur la vitre de droite. L'habitacle du SUV est tellement grand que je ne saisis pas ce qu'elle lui dit. Après une trentaine de secondes de conversation, je capte uniquement :

— Voilà Monsieur, bien Monsieur. À l'isolement, oui.

Ces barbouzes sont bien capables de me faire disparaître de la circulation !

Le convoi file à un rythme parfaitement répréhensible, même si, à cinq heures du mat', la circulation intra-muros est encore fluide. Les gyrophares bleus et les appels de phares au xénon dégagent le passage devant nous. Il est cinq heures... Et moi j'ai sommeil. Mais cette course folle, sans sirène, est angoissante. Les menottes à la con me cisaillent les poignets. J'ai peur, je commence à trembler. J'ai envie de chialer mais il ne faut pas craquer devant ces technos barbouzes. On déboule sur le périph sud direction ouest, 120 à 140 km/heure. La Twingo d'un pépé, qui part sûrement à la pêche en Normandie, manque de s'envoler ; je pense qu'il en tremblera encore en arrivant à la plage.

Et en quelques secondes, tout bascule.

D'abord une explosion derrière nous. Par réflexe, je regarde dans le rétro. Laura et mes deux compagnons de banquette arrière se retournent. Je vois les phares du SUV Audi numéro 3 hésiter de droite à gauche, les mouvements s'amplifient, et soudain le capot du lourd véhicule s'incline franchement à droite. La voiture se retourne, manque de nous percuter, et rebondit sur le bitume dans un fracas de tôles et de crissements de pneus.

C'est alors qu'un énorme véhicule surgit plein phares de l'arrière du Q7 qui commence à prendre feu, et bondit devant notre SUV. Je reconnais une Mercedes classe G AMG, qui freine brusquement, forçant notre conducteur à piler. D'un coup de volant à gauche, il essaie de se dégager. Un choc violent nous secoue, le côté gauche du Q7 explose au contact d'un second monstre de la route qui a surgi à notre hauteur. Le policier assis à ma gauche, touché, s'écroule sur le dossier du conducteur, qui sonné lui aussi, lâche son volant en glissant sur les genoux de Laura.

Quel sang-froid cette fille, elle saisit de sa main gauche le volant, redresse le véhicule fou lancé à plus de 80 km/h et réussit à l'engager dans la bretelle de sortie de la porte de Sèvres. Heureusement, le conducteur, pas totalement inconscient, a enlevé son pied droit de l'accélérateur.

La classe G qui nous a forcés à ralentir s'engage devant nous dans la même bretelle et freine jusqu'à s'arrêter au milieu de la descente. Notre Q7 sans conducteur conscient pour le freiner, percute par l'arrière la Mercedes. Le choc est suffisamment violent pour faire exploser le pare-brise et déclencher les neuf airbags du Q7.

L'autre classe G, côté droit défoncé, nous colle au train. Deux hommes masqués, armés de fusils d'assaut, en descendent. Ils mettent en joue les vitres blindées avant et arrière gauches de notre pauvre véhicule. Laura et mon compagnon de droite sont figés. Je m'aplatis le plus possible sur mes genoux, m'attendant à recevoir une rafale d'arme automatique dans le dos.

Les vitrages s'écaillent et se fissurent sous la pression des munitions de 7.62 mais n'éclatent pas. Le bruit est assourdissant.

Puis les deux hommes, en parfaits pros, retournent les crosses de leurs armes pour faire tomber le verre blindé et feuilleté.

Laura, pleine de courage, a sorti son arme de poing. Elle n'a pas vu un troisième personnage descendu de la classe G devant nous. L'homme dirige vers le commissaire Antonelli, par l'encadrement du pare-brise, une curieuse arme, comme celle qui m'avait plongé dans un profond sommeil quelques heures auparavant. Laura s'écroule sur son siège, suivie immédiatement de mon compagnon de droite qui glisse sur moi.

Une main gantée ouvre la portière arrière, dégage bien vite mon malheureux compagnon sur le bitume et me tire sans ménagement en dehors de ce qui était, il y a encore une minute, une superbe Audi Q7 aux vitres surteintées.

Des sirènes de police retentissent déjà. Notre convoi devait avoir un système d'alerte. Gyrophare et tous feux allumés, une 308 blanche à bandes bleues et rouges s'engage dans la bretelle, mais quelques rafales de fusil-mitrailleur et la présence du deuxième classe G, barrant la voie unique de la descente, freinent leurs ardeurs.

Camouflé par son casque et sa visière opaque, l'individu qui m'a prestement extirpé du Q7, me pousse en avant vers une grosse moto BMW R1200GS garée sur le bas-côté, devant la classe G. Sans un mot, l'homme au casque me fait signe de m'asseoir à l'arrière de sa moto. Il s'installe devant, passe mes bras menottés par-dessus sa veste de cuir, sûrement la peur de me perdre en route. Une fois ça suffit, pensè-je.

Lorsqu'ils regagnent la classe G, les autres individus, tous cagoulés, laissent leur deuxième véhicule pour servir de mur de protection. On n'est jamais trop prudent, autant protéger sa fuite contre une poussée de bravoure de la patrouille en 308.

Nous démarrons, dans un crissement de pneus digne d'un polar américain des années soixante-dix. En bas de la descente, à gauche, direction Issy-les-Moulineaux.

Deux Ford Mondeo de la Brigade Anticriminalité nous font face sous le pont, le second véhicule se décale pour se placer à la hauteur du premier afin de nous barrer la route.

Tel est pris qui... Ou l'arroseur arrosé. La moto et la classe G stoppent. Mon pilote se tourne vers celui de la Mercedes, incline légèrement la tête, tout en donnant des petits coups d'accélérateur.

En face, les policiers de la BAC sont sortis de leurs véhicules, fusils à pompe Remington en position.

Mon conducteur donne des coups d'accélérateur de plus en plus puissants, le moteur bicylindre à plat BMW fait rugir ses 125 chevaux.

Non… Cet abruti ne pense quand même pas impressionner ces policiers d'élite ?

Et comme entraîné par une catapulte, il nous précipite, lui, son engin teuton et malheureusement moi, vers le véhicule de gauche.

Les policiers, se regardent, hésitent à tirer. Trop tard ! Une impulsion, et la roue avant de la lourde moto se soulève. En roue arrière, nous grimpons sur le capot de la Mondeo puis sur le pavillon et redescendons comme dans un concours de trial, derrière les deux véhicules de la BAC.

Les policiers n'ont pas perdu de temps pour réintégrer leurs voitures. Les conducteurs se sont lancés dans un laborieux demi-tour sous le pont, à l'étroit entre trottoir et piles de pont. En manœuvrant en marche arrière, les deux conducteurs de la BAC laissent un espace d'environ deux mètres entre les deux berlines. À ce moment précis, le 4X4 classe G AMG au moteur survitaminé, puissant comme une locomotive de trois tonnes, bondit et vient s'encastrer comme un coin entre les deux véhicules. Le choc envoie valser les deux Ford de chaque côté, comme de simples boules de flipper, laissant le passage à la Mercedes. Les deux Mondeo se retrouvent nez à nez.

Pendant ces quelques secondes, notre moto s'est précipitée en avant. En face se dresse l'héliport, la porte de l'accès au tarmac est ouverte. À plus de 80 km/h, mon pilote nous précipite vers un hélicoptère noir, sans immatriculation, turbines et rotor tournant. Je reconnais un H160, le dernier né de chez Airbus Helicopters. La moto glisse sur le sol humide du petit matin, mon kidnappeur me tire par la chaîne des menottes vers le lourd hélico sombre, dont une porte coulisse brusquement. Un homme me saisit sous les aisselles et me hisse comme un colis Chronopost à l'intérieur. Je me retrouve nez par terre sur une moquette ma foi suffisamment épaisse. Le temps de me retourner et je vois les deux passagers de la Mercedes nous rejoindre en courant.

Les sirènes de la BAC hurlent derrière la grille du tarmac dûment refermée par mes kidnappeurs. Le temps que la grille soit enfoncée, notre hélico est déjà en stationnaire à vingt mètres du sol, le pilote joue sur le cyclique, la proue glisse vers la gauche, puis le H160 s'éloigne rapidement vers le sud-ouest.

Un des hommes, un gaillard d'au moins deux mètres, au gabarit similaire à celui qui m'avait menacé dans mon salon quelques heures auparavant, m'aide à m'asseoir. Il me boucle même ma ceinture, comme une hôtesse de vol commercial, sauf qu'il dissimule son sourire sous sa cagoule. S'il ne m'a pas flingué tout à l'heure, peu de risque qu'il le fasse maintenant, alors timidement je tente :

— Décidément, je suis condamné à passer ma vie attaché.

L'homme au casque intégral opaque s'adresse au géant :

— Enlève-lui ses bracelets Yvan, s'il te plaît.

Malgré la déformation due au casque, je crois reconnaître cette voix. Non, ce n'est pas possible ! Mon pilote enlève son casque, secoue la tête pour aérer ses cheveux, comme une naïade sortant de l'onde.

— Julia !

Elle sourit, elle *me* sourit :

— Bonjour amour, pas trop secoué ? Désolé pour ces désagréments. Tu ne dis rien, tu as l'air… contrarié ?

— CONTRARIÉ ? CONTRARIÉ ! Mais je rêve ! En quelques heures, j'ai été menacé de mort, anesthésié, accusé de complicité de terrorisme ou je ne sais quoi. Je me couche auprès d'une femme que je croyais connaître depuis son enfance, et je découvre qu'elle est tout autre. Que c'est une… Une… Je ne sais même pas qui tu es, une mafieuse ? Une tueuse ? Une espionne à la solde d'une puissance étrangère ? Et tout ça sous les risées d'une bande de flics, moitié geek, moitié barbouzes, qui nous regarde faire l'amour, avec à leur tête une poupée sadomaso et, euh et…

Julia se tourne vers ses deux acolytes, toujours cagoulés :

— Sûrement Antonelli, c'est parfait !

Hors de moi, je continue ma logorrhée, sans faire attention à sa remarque :

— Et on me menace de m'enfermer à vie, de me faire disparaître. Et là, le cataclysme, l'attaque de la diligence, avec dans le rôle des Indiens, Julia et ses Sioux. J'ai cru que mon scalp allait y rester. Et maintenant tu m'emmènes et je ne sais pas où, ni pourquoi.

Je m'effondre, le visage dans les mains. Je chiale, putain ! Je suis crevé.

Julia s'assoit dans le fauteuil près du mien, elle met sa main sur mon épaule, doucement, et pose sa tête sur mon dos. Je sanglote. Elle applique sa bouche sur mon cou, je sens ses lèvres y déposer doucement des baisers humides. Puis elle prend ma tête dans ses mains. Je garde les miennes sur le visage. Elle pousse son petit nez bulbeux entre mes auriculaires, dépose une bise sur mon front, mon nez, elle mordille ma lèvre supérieure, ma lèvre inférieure, introduit le bout de sa petite langue rose d'adulescente entre mes mâchoires.

Ma langue rejoint la sienne, mes mains caressent ses cheveux. Ses yeux sont embués :

— Pardon mon amour, pardon, mais je n'avais pas le choix. Je t'expliquerai tout, on a une bonne heure de vol avant d'arriver.

Ses pouces essuient mes yeux humides très discrètement, sans m'humilier.

— Tu es crevé, c'est normal, je vais te donner quelque chose pour tenir le choc.

— Je préférerais dormir un peu, si on a une heure devant nous pour arriver à... Je ne te demande pas où.

— Non, ne me demande pas. Mais désolée, pas le temps de dormir, prends ce comprimé, pas d'effets secondaires, je te le promets.

Je prends la bouteille d'eau et le petit comprimé rose qu'elle me tend.

— Et toi ?

— Moi, inutile, je suis… habituée à ne pas dormir.

Je me calme. Je colle ma joue au hublot. Le médicament doit faire de l'effet, je suis à la fois détendu et pleinement conscient.

Derrière notre appareil de classe six tonnes qui file à près de cent cinquante nœuds, c'est l'aurore, et la lumière aux tons froids illumine le paysage de vallons et de forêts qui se dévoile sur notre route.

Pas besoin de lui demander où nous allons. Plein ouest, les lumières de Dreux sur la gauche puis d'Évreux sur la droite. Je connais la Normandie comme ma poche, j'y ai passé tellement de vacances étant enfant.

Julia pose sa main sur mon bras :

— Tu veux un café ?

— Ah, vous avez même une machine expresso à bord, sacré bureau volant !

— Oui, bureau volant c'est le terme, mais pour le café, ça sera à la thermos.

Je retrouve mon sens de l'ironie :

— Et tes 4X4 Mercedes, ça fait partie aussi de ton équipement de base ? Tu vas te faire engueuler par l'intendant.

— Que du matériel, aucune importance. L'essentiel, c'était de te sortir des griffes de cette femme. Antonelli, c'était bien elle ?

Insidieusement, je sens que l'interrogatoire commence :

— Ne sois pas jalouse, rien de sexuel entre nous. Parce que je n'ai pas voulu, bien sûr, car autrement, tu connais mon charme. C'est sûrement pour ça qu'elle voulait me garder pour elle toute seule.

— Ne plaisante pas, tu ne connais pas le pouvoir de nuisance de cette femme.

— Hé, hé, tu ne serais pas un peu jalouse ?

— Pauv' con, et elle sourit timidement.

— Qu'est-ce qui me dit que ce n'est pas toi la méchante dans cette histoire ? Après tout la Commissaire Principale Laura Antonelli est une éminente représentante de la loi, VIP à la DGSI.

Là je marque un point, le visage de Julia devient plus sévère :

— N'importe quoi ! C'est ce qu'elle t'a fait croire. Et d'abord, sache que ce n'est pas son vrai nom, Laura Antonelli. Je constate que c'est une excellente actrice et que tu es décidément toujours aussi naïf, mon pauvre Pétu.

Un frisson me parcourt le dos et je lui murmure :

— Ne m'appelle pas comme ça, s'il te plaît !

— Tu préfères que je t'appelle de ton vrai prénom… Pétunias ?

Les deux baraqués se marrent sous leurs cagoules, même le pilote se retourne un instant pour voir la tête d'un mec se prénommant « Pétunias ». Mon ascendant psychologique n'a pas duré longtemps. Je change de sujet :

— Mais alors qui est-elle ?

— Aucune importance, ou plutôt si ! Te connaissant, si tu n'as pas toutes les cartes étalées devant toi, tu ne dévoileras pas ce que tu sais, même si je te torturais.

Elle sourit de nouveau, ayant repris l'ascendant.

— Hum, tout dépend de la torture.

Julia ne relève pas ma blague lourdingue.

— Madame Laura Antonelli s'appelle en réalité Arnijah Sashvilli. Géorgienne de naissance. Elle ne travaille pas plus pour la police française que toi pour le MI6. Elle fait partie d'un réseau de trafic international, d'obédience russe, des anciens du KGB. Tu sais, à la chute de l'URSS, de hauts responsables de l'ombre, des services secrets, se sont partagé les richesses de l'ex-empire soviétique. Certains sont devenus les dirigeants actuels de la Russie, ou ses grands oligarques. D'autres, issus de factions rivales, ont opté pour la face sombre, ou plus exactement, encore plus sombre, du pouvoir, comme les mafias et les entreprises paramilitaires. Beaucoup ont fait fortune en envoyant des troupes de mercenaires en Afghanistan, en Syrie, puis au Yémen et autres endroits chauds à travers la planète.

— Mais au nez et à la barbe du gouvernement russe ?

— Non, avec les fonds et le soutien, bien entendu officieux, du Kremlin pour les pays que je viens de citer. Comme Contractor avec le gouvernement US. Mais leurs activités se sont aussi développées dans des arcanes que l'on trouve uniquement dans le Dark Internet : prostitution, trafic en tout genre dont trafic d'êtres humains.

— Quoi ?

— Oui, Pet… Oui, mon chéri. Tu n'imagines pas la demande mondiale pour des esclaves en tout genre, au Moyen-Orient, en Asie, essentiellement, mais pas uniquement. Ce business rapporte encore plus que la fourniture de soldats. Et puis, c'est une chaîne de valeur.

— Comment ça une chaîne de valeur ?

— Eh bien, les troupes au Yémen ou en Syrie font des prisonniers et des prisonnières. Plutôt que de les abattre, un tri qualitatif est fait, et les meilleurs éléments sont envoyés vers des centres de rééducation, afin d'être vendables.

— Julia, tu parles d'êtres humains, pas de marchandises transformées.

— Et pourtant, c'est exactement comme ça que sont traités ces pauvres bougres. Cette mafia s'est donnée pour nom Upali, Seigneur en Géorgien. Mais la chaîne est plus complexe que ça en Syrie et en Irak. Par exemple, en libérant les régions occupées par Daesh, ils sont tombés sur des stocks d'objets anciens, sumériens, babyloniens, romains, volés dans les musées de ce creuset de la civilisation indo-européenne. Les fanatiques de Daesh n'avaient pas pu, ou pas voulu, écouler tous les fruits de leurs pillages. Plus rentable que le pétrole, car plus facile à écouler. Si tu savais le nombre de milliardaires collectionneurs, enfin si on peut dire, prêts à dépenser des fortunes pour posséder certains de ces objets. Le trafic d'esclaves et d'objets d'art est estimé à plus de dix milliards d'euros annuels. Et cette manne, comme pour toute bonne mafia, doit être réinvestie et diversifiée. Et c'est là que ta pétasse de Antonelli et sa clique interviennent. Ils assurent la sécurité d'un autre type de trafic, encore plus discret, et encore plus destructeur. Des années que nous cherchons à prouver ce trafic, le seul moyen étant un flag.

— « Nous » cherchons, un flag ? Mais qui es-tu devenue, Julia ?

Voyant mon air stupéfait, Julia m'explique, embarrassée, qu'elle est une sorte d'enquêtrice qui dépend d'une branche assez discrète d'un département de la défense qui ne l'est pas moins, la Direction des Opex.

— Sois plus claire, s'il te plaît, dis-je, ébahi.

— Je travaille pour les services secrets, je suis une espionne, si tu veux.

Ses compagnons se marrent et retirent leur cagoule. Dessous, je ne découvre pas des têtes de morts-vivants ou de Martiens, mais de bonnes têtes d'hommes jeunes, plutôt bien faits de leur personne. Le plus grand des deux, celui qui s'est spécialisé en anesthésie zoothérapeutique, je le verrais bien derrière une poussette, au parc Montsouris le dimanche matin, pendant que sa chère et tendre achèterait les boîtes de lait premier âge à la pharmacie... D'ailleurs, si ça se trouve...

— Et eux aussi ?

— Et eux aussi, acquiesce-t-elle.

— Et nous aussi alors ? interrogent, hilares, les deux pilotes qu'on avait un peu oublié.

Je m'exclame :

— C'est pas logique tout ça.

Je ne crois pas un mot de ce que raconte Julia. D'ailleurs depuis vingt-quatre heures, tout le monde semble me mentir. Marcel, Laura Antonelli, et maintenant Julia.

— La logique, hormis celle des intérêts de chaque partie prenante, n'a pas de place dans notre monde, mon petit chéri.

Le « petit » est de trop, Julia m'exaspère :

— Ton monde, oui, ou celui que tu veux me vendre, je ne sais plus !

— Non, amour, LE Monde, mais persiste à croire ce que tu veux, sois rassuré, aie confiance, comme des millions d'individus. J'étais persuadée que toi tu comprendrais.

Bougon, j'insiste :

— N'empêche, que feraient les services secrets dans une affaire de trafic ?

— Mais justement, parce que nous sommes les seuls à être autorisés à outrepasser les lois de la République, qui protège tout citoyen. Les services de police ne pourraient pas lutter à armes égales avec une organisation mafieuse aussi puissante, dotée, tu l'imagines, d'appuis au plus haut niveau, et de ramifications dans de nombreux pays.

— Ton raisonnement se tient, Julia, à un détail près. Les services secrets français n'ont pas le droit, me semble-t-il, d'intervenir sur le territoire français. C'est le privilège de la DGSI… Du Commissaire Antonelli !

— Mais puisque je me tue à te dire que cette Géorgienne est une mafieuse !

Et de m'expliquer que Upali, avec ses puissants moyens et ses complicités, a monté toute une opération théâtrale, pour me convaincre de leur confier je ne sais quelle information. Si Laura Antonelli /Arnijah Sashvilli est effectivement Commissaire aux renseignements intérieurs, les boys qui l'accompagnaient n'en font pas partie. Elle est sous surveillance de l'Opex, et plus particulièrement du service dont fait partie Julia, depuis des mois. Il manque encore des preuves, mais l'activité soudaine dont fait preuve Upali, une certaine fébrilité, leur empressement envers moi, pourrait permettre de les confondre.

— Ce que tu veux me faire comprendre, c'est que je suis tombé dans un piège à cons ?

— En quelque sorte, oui. Mais un piège sophistiqué. Et nous n'avons pas encore toutes les réponses. Comment la Géorgienne s'est vue confier l'enquête ? Qui a tué Marcel ? Pourquoi Pascal a-t-il disparu ?

— Ils ont des moyens considérables, et même une machine à remonter dans le temps.

Julia et ses sbires me regardent d'un air soupçonneux. Alors j'enchaîne :

— Bon, je te raconterai. Mais j'imagine que tu dois travailler en collaboration avec les vrais services de sécurité intérieure français, et que Laura va être rapidement mise hors d'état de nuire.

Julia ne réagit pas, elle hésite. J'insiste :

— Tu ne réponds pas ma… *Chérie* ?

— Justement, non, nous travaillons de manière occulte, nos ordres viennent directement de l'Élysée.

— Comme par hasard !

— Les enjeux sont trop importants pour être partagés, le risque d'avoir des taupes, même parmi notre haute fonction publique…

— Ben voyons, la théorie du complot maintenant.

— Walter, de toute façon que tu me croies ou pas ça ne…

— Madame, nous allons bientôt atterrir, veuillez vous attacher, annonce le pilote par l'interphone.

C'est malin, à discuter avec Julia, sous le regard de ses deux gardes du corps, j'ai perdu de vue où nous allions. Il fait maintenant jour, un petit matin blême et brumeux, et notre Airbus-Helicopters H160 est descendu à cinquante mètres d'altitude tout en réduisant sa vitesse. À faible allure, son empreinte sonore semble très faible pour un hélico. J'aperçois une rivière sur la gauche, un estuaire en face et la mer à l'horizon.

Nous défilons au-dessus de prés où broutent des vaches, même pas affolées par ce monstre volant noir. Une grande bâtisse au bord de l'estuaire. Des abris de pêche au canard avec des dizaines de canards factices. Je connais cet endroit ! L'embouchure de l'Orne, et en face la Pointe du Siège, presqu'île de nature préservée qui barre l'estuaire et force l'Orne à faire une grande boucle sur la droite. Une barrière naturelle, suffisamment imposante pour qu'elle ait été la limite Est du débarquement du 6 juin 1944. À l'ouest de l'Orne, cent cinquante mille soldats et des milliers de navires de toute taille abordèrent la côte Normande après un bombardement aérien suivi d'une canonnade navale intense. En première ligne les canons de 100 mm des escorteurs et les roquettes des barges, disposés en parallèle à quelques milliers de mètres en face des cinq plages. En couverture, au large, des armes encore plus puissantes, jusqu'aux 455 mm des plus grosses pièces des croiseurs de bataille et des cuirassés. Ces gigantesques canons envoyaient à chaque bordée plusieurs tonnes d'acier à plus de 15 km de distance, sur les plages, mais aussi sur les batteries d'artillerie du Mur de l'Atlantique.

Presque comme un tapis volant, l'hélico glisse à quelques mètres au-dessus de l'eau saumâtre, puis s'immobilise au-dessus de la Pointe du Siège, en soulevant des nuages de sable. En stationnaire, à cinquante centimètres au-dessus de la lande sablonneuse, Julia saute souplement sur le sable gris, et s'éloigne en courant, tandis que ses deux compagnons me prennent sous les aisselles pour que nous sautions de concert.

Le plus grand me maintient courbé en avançant, car le H160 redécolle sans attendre, reprend de l'altitude et disparaît rapidement vers l'est.

Julia est déjà sur un petit parking touristique, vide à cette heure très matinale. C'est une simple surface de terre battue délimitée par des rondins de bois, avec un plan de la Pointe et un panneau ornithologique qui représente les principaux volatiles observables en fonction des saisons. Elle s'installe au volant d'une modeste Clio après avoir balancé un lourd sac à dos dans le coffre. L'espion à l'allure de jeune papa me fait signe de m'installer à l'avant, près de Julia. Quel insigne honneur d'être à côté de la chef barbouze. Je sens les genoux de mes deux gardes du corps au travers du dossier du siège de la petite Renault. Bien que ça me démange, inutile de dire que je ne tenterai pas un geste malheureux, comme écraser contre le volant la tête de cette fille que je ne reconnais plus, ou bien m'éjecter du véhicule.

« Le mieux est de rentrer dans leur jeu » me souffle mon petit Lutin bleu, un compagnon indispensable, qui loge dans ma tête. Il me manquait celui-là ! Et je compte bien sur ses conseils avisés pour m'en sortir.

— Ces enjeux importants, quels sont-ils ? À moins que ce soit un secret d'État ?

— Oui, c'en est un, mais je peux te le dévoiler puisque… puisque bientôt, je vais devoir t'éliminer.

— Je… Tu… Tu plaisantes ?

— Oui… et non, dit-elle, amusée, en dodelinant de la tête. Je plaisante, mais si tu racontes la moindre chose sur cette histoire, tu te condamnes toi-même à la peine capitale.

Je me retourne vers nos deux passagers.

— Et j'imagine que le bourreau sera l'un de vous deux ?

Ils acquiescent simultanément, comme un seul homme, et sans un mot. Julia conduit prudemment, sur cette route étroite longeant de modestes maisons de pêcheurs endormies, transformées depuis des décennies en maisons de villégiature.

— Comme tu le sais, toi un amateur de musées – Julia se souvient des visites durant lesquelles je lui avais fait découvrir nos grands musées franciliens, notamment le Louvre et Orsay – la majeure partie des collections ne peut être exposée pour des raisons de place et emplit les réserves. Toutefois, ces réserves sortent parfois, pour des expositions temporaires ou des prêts à d'autres musées. Elles permettent même d'alimenter les clones de nos grands musées en province ou aux Émirats. La majeure partie reste malgré tout enfermée, dans des entrepôts surveillés et climatisés.

Une vérification des stocks est réalisée tous les ans, au moins pour les Musées Nationaux. Lors du dernier recensement il y a six mois, le Conservateur du Louvre a signalé à son autorité de tutelle et au conseil d'administration, un écart d'inventaire.

— Il y a combien d'œuvres au Louvre ?

— Environ quatre cent soixante mille au global, dont deux cent cinquante mille dans les soixante réserves réparties sur le territoire.

— Donc un écart de quelques pièces entre les prêts, les pièces en cours d'envoi, de transfert ou de réintégration ça n'a rien d'anormal. Et j'imagine que les plus belles pièces sont suivies à l'unité.

— C'est vrai que tu es un pro du commerce. Alors écoute-moi bien. Le Conservateur a déclaré la disparition de huit cent vingt-trois œuvres, après avoir procédé à un second inventaire contradictoire, bien entendu.

— Mais c'est considérable !

— Oui, et disparues de multiples dépôts, ce qui fait qu'il est difficile de retracer le processus de ce qui ne peut être qu'un vol. Deux mois plus tard, son collègue d'Orsay signalait la disparition de deux cent cinquante-quatre œuvres. À la suite de ces deux vagues de disparitions d'une ampleur exceptionnelle, le ministère de la Culture a lancé en urgence un inventaire dans les dix plus grands musées français.

— Et ?

— Et le nombre des disparitions dépasse mille cinq cents tableaux et même sculptures, pour une valeur de plus de… cinq cent cinquante millions d'euros.

— C'est une catastrophe nationale.

— Oui mais le pire n'est pas là. Il est tout à fait probable que ces œuvres soient destinées à un seul et unique destinataire.

— Le commanditaire ?

— Non, le commanditaire c'est Upali. Mais des informateurs pensent que ces vols, provoqués également à moindre échelle, en Italie, en Espagne et en Hollande, servent de monnaie d'échange avec un… produit… que Upali veut utiliser contre la France.

— Un produit ?

— Dangereux, très dangereux. Un DDR.

— Qu'est-ce que c'est que ce … DDR ?

— Dispositif de Dispersion Radiologique, autrement dit une « bombe sale ».

— Tu veux dire des déchets radioactifs associés à une bombe classique qui va les pulvériser dans l'atmosphère ?

— Oui. Les paramilitaires affiliés à Upali n'ont pas découvert que des œuvres d'art dans les dépôts de Daesh, mais aussi un dispositif de DDR, manifestement très abouti.

— Mais c'est une catastrophe, ils auraient pu utiliser cette arme nucléaire contre les soldats de la coalition, ou même la transporter en Europe pour un attentat !

— Heureusement il y manquait un élément essentiel, le combustible radioactif. Nos informations sont incomplètes, mais le système de détonation pourrait répandre 10 kg de plutonium en poussière sur 2 à 3 km² et le système de télécommande permettrait un déclenchement à grande distance.

— Alors ce dispositif n'est d'aucune utilité ?

— Sauf si on peut se procurer 10 kg de plutonium 238. Et c'est là qu'intervient Igor Pavlov.

— Pavlov comme les pigeons ?

— Si tu veux, de toute façon ce n'est qu'un nom d'emprunt. Un ancien officier supérieur soviétique, limogé par le nouveau pouvoir après l'indépendance des anciennes républiques soviétiques d'Asie Centrale. Or, cet officier commandait une usine de retraitement de combustible nucléaire, issu du démantèlement de missiles intercontinentaux.

— Et ce monsieur s'est constitué sa prime de licenciement en quelque sorte ?

— Le FSB (successeur du KGB) ne sait pas exactement quelle est la quantité de combustible qui a disparu, mais plusieurs dizaines de kilos sans aucun doute. Nous soupçonnons fortement Upali de vouloir troquer les œuvres d'art contre du plutonium.

— Mais que ferait une mafia comme Upali d'une telle arme ?

— Un chantage certainement, contre l'État français. Dans un Quartier de Haute Sécurité, un individu du nom de Kublanski semble les intéresser fortement. Nous ne sommes pas arrivés à déterminer pourquoi. Est-ce un des leurs ? Mais tant de moyens pour le faire libérer, il doit être très haut dans la hiérarchie. Ou alors…

— Alors ?

— Alors il possède des informations que Upali ne voudrait pas qu'il délivre à nos services.

— Du genre ?

— Du genre, des noms de membres de Upali, proches des cercles de pouvoir d'un ou de plusieurs pays européens, par exemple.

Je regarde Julia pendant qu'elle me parle. Tout paraît tellement clair et logique dans son discours, elle semble sincère. Même si cette histoire est complètement folle.

— Et donc, Upali voudrait menacer le gouvernement de faire péter cette bombe sale, si la France ne lui remet pas Monsieur Kublanski.

— Oui, c'est probablement ça.

— « Probablement » ? Tu n'as même pas de certitudes ? Et j'imagine que vous ne savez même pas où se trouve cette bombe inachevée, ni le plutonium, ni même les tableaux volés.

— Curieusement, nous savons probablement où se trouve le plutonium. Mais tu me permettras de garder cette information confidentielle.

— Tu n'as pas confiance en moi ?

— Pas totalement, pour être franche avec toi. Je ne sais pas exactement ce qui s'est passé entre toi et ta Laura. Elle a les capacités de te retourner.

— Retourner ?

Non, pas de blague idiote, me souffle mon Lutin bleu !

— Te faire passer du côté obscur.

— Bon, le plus important, c'est que vous retrouviez cette merde rapidement.

— Oui, sûr, mais ce n'est pas aussi simple. Le gouvernement veut également retrouver les œuvres d'art volées avant qu'un scandale éclate. Et le seul moyen est de laisser la transaction s'effectuer sans intervenir. Ces fous seraient capables de menacer de détruire les œuvres pour se protéger.

— Donc vous surveillez le lieu où vous supposez que se trouve le plutonium. Mais j'imagine qu'un millier de tableaux et de sculptures, ça ne doit pas se transporter dans une mallette ?

— C'est pour ça que nous aurons aussi une idée assez précise d'où devraient se trouver les œuvres d'art, dit-elle en regardant sa montre, d'ici deux ou trois heures.

— Et elles sont sur un bateau en Normandie !

Elle me regarde avec admiration, peut-être même avec un peu d'amour.

— Bravo, mon chéri. Ce que je ne te dis pas, tu le déduis !

— Et ce bateau est à Ouistreham.

— Pas tout à fait. En réalité, nous allons rejoindre notre navire, et nous diriger à la rencontre du cargo de Upali, afin de le pister jusqu'à ce qu'il rejoigne le porteur de plutonium. Nous pensons que la transaction d'échange se fera en mer, loin des eaux territoriales.

— Un autre navire, quelque part au large de la Bretagne ?

— Très certainement, et maintenant que tu sais tout ça, impossible qu'on se sépare jusqu'à la fin de l'opération.

— Mais je n'avais pas l'intention de te quitter.

Je me tourne vers la banquette arrière, avec un sourire en coin.

— De vous quitter !

— Tant mieux, fait le potentiel jeune papa.

La Clio arrive en face du double pont tournant qui enjambe l'écluse et le canal du haut port de Ouistreham. La barrière est levée alors nous filons prestement sur le revêtement de grille métallique, puis à droite, direction le terminal du Ferry. Quelques pêcheurs matinaux, équipés d'un sac à dos contenant certainement chopine et sandwichs, pressent le pas sur le quai, en brandissant épuisettes et cannes à pêche, sans remarquer notre « banal véhicule banalisé ».

Cent mètres devant nos phares, la route principale oblique vers la gauche, en direction du Casino et de la plage de Riva-Bella. En face de nous se trouve l'entrée clôturée des parkings du Terminal Ferry, vide à cette heure matinale. Le Ferry Mont-Saint-Michel, avec ses deux mille cent places et sa capacité de huit cents véhicules, est déjà à quai, de retour de Portsmouth, cheminée fumante.

Julia ne prend pas le virage à gauche et file tout droit, sans même ralentir, vers la clôture. J'ai à peine le temps de sursauter, que déjà, miraculeusement, la grille s'ouvre devant nous, juste suffisamment pour laisser passer la Clio, et se referme aussi vite. Seul un spectateur très attentif aurait pu remarquer que notre véhicule vient de pénétrer dans cette zone réservée, d'autant plus que Julia a coupé tous les feux.

— Pas mal votre navire, Mademoiselle !

Elle esquisse à mon égard une œillade avenante, malgré des rides de fatigue au coin des yeux. Déjà, nous doublons le grand navire, pour nous arrêter au bord du quai en avant de sa proue. La vedette qui s'y trouve paraît minuscule, tant elle est dominée par l'étrave blanche du Ferry. Je reconnais immédiatement un ACM 1300, vedette prisée par les douanes pour sa maniabilité, sa vitesse de pointe et son autonomie. Sauf que celle-ci est noir mat, sans aucune immatriculation, comme l'hélicoptère qui nous a transportés.

Une minute après, nous filons vers le large.

Le salon est sobre, mais confortable. Un expresso crème et des croissants tout chauds à la main, je revis.

— Merci Cap'taine, accueil haut de gamme, le meilleur depuis vingt-quatre heures !

— Je prends soin de mes passagers.

L'homme possède une barbe noire fournie, il ne manque que la pipe pour le confondre avec le Cap'taine Haddock :

— Les prochaines heures vont être longues. J'espère que vous n'êtes pas sensible au mal de mer ? Le meilleur remède, c'est encore de manger.

Julia et ses deux acolytes sont à la même table que moi, repoussant les miettes de mes trois croissants consécutifs, pour tenter d'étaler une carte marine de la baie de Seine.

Une deuxième pièce, en contrebas, normalement réservée à une cuisine, a été transformée, et déborde littéralement de matériel électronique en tout genre. Quatre officiers se partagent les six mètres carrés dans un calme surprenant au vu de l'exiguïté des lieux.

— Impressionné ? me fait le Cap'taine Haddock.

Et il me décrit son installation avec un plaisir non dissimulé.

— Voici une salle ROEM – Renseignement d'Origine Électromagnétique, ou SIGINT pour les Anglo-Saxons. Le top de la technologie d'écoute et de détection, avec des radios numériques, des écrans sonar et radar, et surtout des détecteurs d'ondes électromagnétiques de tout type et toute fréquence : téléphones portables et terrestres, émissions radio et télévision. Avec des calculateurs de décryptage et de traitement d'image hyperrapides. Vous avez là l'équivalent en puissance de détection d'un navire de la taille d'un Aviso ou d'un Breguet Atlantic NG, plus un Awacs ! Les prodiges de la miniaturisation.

— Mais la consommation en énergie doit être en rapport ?

— Oui, nous avons dû adapter le réseau de distribution électrique à bord, et la puissance du moteur. Et si nous avons dû sacrifier le micro-ondes de la cuisine, nous émettons jusqu'à mille fois la puissance de votre four !

— Nous pouvons également écouter sans rien émettre grâce à des antennes déployables, renchérit un lieutenant penché sur un écran géant, où je reconnais le découpage de la côte normande, de Cherbourg au cap d'Antifer.

Nous sommes douze à bord de cette vedette, nous quatre, les quatre officiers ingénieurs, le commandant, un pilote/mécano et deux fusiliers marins, armés de FM censés assurer la sécurité du navire de la Royale, et la nôtre par conséquent.

— La mission d'aujourd'hui ne comporte aucun danger, m'assure le commandant, simple mission de surveillance discrète.

La suite lui prouvera que non, comme aurait dit Brassens.

Je sors prendre l'air sur le pont à la poupe, lorsque le Commandant me rejoint.

— Ça va ? Pas malade ?

À croire que ça lui ferait plaisir.

— Non, je profite de la croisière. Où allons-nous ?

— Plein Est.

— Merci, je connais cette côte comme ma poche, là nous sommes à la hauteur de la grande plage de Cabourg. Je veux dire, où comptez-vous prendre en chasse le cargo ?

— Le Gorki est au Havre, en train de charger, surveillé par nos agents. Nous l'attendrons dans le port de Honfleur. Dès l'obtention de sa demande de remorquage pour sortir du port, nous le prendrons en chasse, m'explique d'un air pincé, le Cap'taine Haddock.

Un des officiers arrive précipitamment :

— Le Gorki est sorti du port, mon commandant.

— Vous voulez dire qu'il va quitter le quai ?

— Euh non, il est déjà au large de Deauville.

— Comment c'est possible ? Pourquoi l'équipe de surveillance ne nous a pas informés immédiatement ? Mais enfin, au dernier point il y a une heure, il restait une centaine de conteneurs à charger.

— Oui, justement, notre guetteur est allé se restaurer après une longue nuit, estimant que rien ne se passerait avant au moins deux heures. Et à son retour le Gorki avait largué les amarres. La centaine de conteneurs était restée à quai, les dockers ont dit que le commandant considérant son navire en risque de surcharge, avait refusé d'embarquer la cargaison complète et avait pris le large dans la foulée, sans demander de remorqueur. Les dockers ont dit que c'était incompréhensible, que pour eux le cargo n'était même pas à mi-charge.

— Et le remorqueur ?

— Marée haute plus demi-charge d'où tirant d'eau réduit. Comme le Gorki était amarré sur le quai extérieur, le commandant avait tout à fait le droit de partir sans remorqueur, même si déontologiquement ça ne se fait pas, car on donne du travail aux pilotes de port dans la marine marchande.

Julia nous a rejoints :

— Notre guetteur s'est fait repérer, c'est certain. Redoublons de prudence, Commandant !

— Bien Madame, nous allons demander au contrôleur du CROSS Jobourg[2] de nous communiquer la position du Gorki et calculer une route de collision.

— Collision ? dis-je, inquiet.

— Ouais, ça veut dire une trajectoire qui permet de se rapprocher en tenant compte des vitesses relatives de nos deux navires, me répond sèchement le Commandant, d'un air de dire, « on joue plus », laissez les pros gérer maintenant.

---

[2] le CROSS Jobourg est le centre chargé de la surveillance de la navigation maritime du centre Manche (du Cap d'Antifer au Mont-Saint-Michel)

L'officier revient :

— C'est bon, cap au 035, à 30 nœuds et nous le retrouverons au large des Vaches Noires dans quinze minutes, mon Commandant.

— Les Vaches Noires ? demande Julia en se tenant au bastingage, car la vedette file maintenant à plus de 50 km/h.

— Une falaise d'argile de plus de cent mètres de hauteur entre Houlgate et Villers-sur-Mer, je réponds, faisant étalage de ma connaissance de la région.

— C'est vrai que tu connais cette côte comme ta poche, mon chéri.

J'aime bien que Julia m'appelle « chéri » devant tous ces beaux hommes en uniforme, même si je doute encore de la sincérité de ses propos.

— Rentrons tous les deux, il serait dommage que ta copine « Laura » soit sur le pont du Gorki avec une paire de jumelles, et nous repère.

— Elle... Elle est à bord ?

— Oui, ainsi qu'un ou plusieurs pontes de Upali. Tu n'imagines pas qu'une telle transaction se fasse sans la présence d'une délégation de leur « conseil d'administration ».

— Ils n'ont pas peur de s'exposer ?

— Manifestement non, affirme Julia, de l'anxiété dans la voix.

Ma chérie regarde vers le large, droit devant.

Le Commandant fait signe aux deux commandos de se mettre également à l'abri des regards.

L'ACM 1300 possède un double poste de pilotage en passerelle, il sera donc facile au commandant de piloter depuis le poste extérieur. Par prudence, il enlève sa veste d'officier de la Royale pour passer une veste de plaisancier, coiffé d'un bonnet de marin sans forme.

La tension monte pour les dix personnes, dans cet habitacle exigu. Seul le mécano est à l'extérieur avec le commandant, concentré sur sa barre. Si ce n'est le moteur à sa puissance maximale, pas un bruit, excepté l'officier radio qui communique avec le contrôleur du CROSS.

— Le voilà, à une heure, chuchote un officier muni de jumelles à intensificateur de lumière, comme si le GORKI pouvait nous entendre.

Le Commandant donne la barre à son second, et nous rejoint dans le carré.

— Nous allons l'échapper par tribord comme il convient de faire, ralentir jusqu'à quinze nœuds, ce qui devrait être sensiblement moins que sa vitesse de croisière. Puis simuler une direction nord-est, avec un virage large à tribord, et retour dans son sillage à 3 nautiques derrière lui. Et là, nous commencerons la filature.

— Parfait Commandant, c'est vous l'expert, mais ne le perdez pas.

— Aucun risque, Madame.

Le Gorki est maintenant visible à l'œil nu. C'est un porte-conteneurs de taille moyenne, deux cent cinquante mètres, effectivement haut sur l'eau, puisqu'on distingue la peinture antifouling de sa coque.

— Quatre mille mètres avant collision Commandant !

— Maintenez le cap encore un peu.

J'ai l'impression d'être à bord d'un sous-marin allemand qui se prépare à torpiller un Liberty-Ship durant la bataille de l'Atlantique.

— Trois mille mètres !

Le Gorki est maintenant suffisamment proche pour que l'on puisse distinguer beaucoup de détails, d'autant plus qu'il fait parfaitement jour. Pas un marin ne semble fouler le pont.

— Attendez encore un peu.

Julia a pris les jumelles ultra-puissantes des mains du marin.

— Commandant, dit-elle, c'est normal qu'il fasse autant de fumée ?

— Non, ou plutôt ça veut dire qu'il pousse les machines à fond. Estimation vitesse de la cible !

— Essayez de rester proche, je vois quelques silhouettes sur la passerelle, je voudrais savoir si nous avons des connaissances à bord. Enclenchez la vidéo ! hurle Julia, désormais investie dans son rôle de chef de guerre.

— Bien Capitaine ! lui répond l'officier en charge de l'équipement image.

Julia Capitaine ? Faudra que je lui demande quand les opérations se seront calmées.

Soudain la corne de brume du cargo rugit, me faisant sursauter.

— Oui, mon gros, pas d'inquiétude, nous t'avons vu, bougonne le Commandant qui devient familier dans l'action. Barre à droite, mais juste pour échapper dans son étrave, que le Capitaine puisse filmer.

— Commandant, estimation vitesse cible 35 nœuds !

— Quoi ? Mais c'est sa vitesse maxi, qu'est-ce qu'il fout ?

Et soudain nous avons la réponse. Suivant les règles du code maritime, nous nous sommes déportés en tant que bateau plus manœuvrant, et nous sommes maintenant parallèles à lui, faisant route inverse, prêts à le croiser. Mais plutôt que de maintenir son cap, le Gorki fait soudainement barre à bâbord toute !

— Commandant, que fait-il ? Cet abruti de pilote n'a pas vu que nous manœuvrions pour l'éviter ?

— Je ne sais pas Capitaine, répond le commandant d'une voix caverneuse, et je ne prends pas le risque.

Il sort du carré, monte l'échelle de la passerelle en trois enjambées, saisi la barre des mains du mécano, et fait un virage serré à tribord pour s'éloigner de l'étrave menaçante du Gorki, tout en poussant les neuf cents chevaux du moteur à fond.

Mais le Gorki continue sa rotation dans notre direction et, avec une vitesse double de la nôtre, traverse maintenant notre vague d'étrave.

— Il est cinglé, il va nous éperonner, crié-je !

— Pas si fou, malheureusement, murmure Julia. Mets ce gilet de sauvetage et prépare-toi à un grand choc.

Julia attrape deux gilets d'une main, m'en lance un, et débranche une clé USB en façade d'un poste informatique.

Elle se retourne vers l'arrière, se fige d'effroi, et se prépare au choc.

Les officiers de renseignement, en professionnels, lancent la procédure d'effacement des données sensibles. Les deux fusiliers marins, que rien ne justifie plus de soustraire à la vue du Gorki, sortent sur le pont arrière avec leurs armes et tirent sur l'étrave de l'immense navire qui les domine de quinze mètres. Les balles ricochent sur la structure d'acier de 20 mm d'épaisseur et le Gorki, corne de brume toujours hurlante, est à peine à plus de 30 m de notre minuscule vedette.

Le moteur en surrégime, l'ACM bondit en avant, mais avantagé par son différentiel de vitesse, le cargo gagne toujours sur nous. Ce n'est plus qu'une question de secondes avant la collision.

Le commandant sait qu'il ne sert à rien de zigzaguer, ce qui nous ferait perdre de la vitesse.

— Nous allons être broyés, dit Julia, les yeux rivés sur ces 150 000 tonnes de mort ambulante.

Je la saisis par le bras, et l'entraîne sur le pont avant, alors que les deux fusiliers tirent désespérément sur l'acier de la coque géante. Je remonte par le plat-bord vers l'avant de la vedette qui rebondit de vague en vague, me tenant à la main courante en poussant Julia devant moi.

Une seconde avant l'impact, le Commandant donne un grand coup de barre sur bâbord, dans un ultime réflexe de survie. Le Gorki, au lieu de déchirer la coque de la vedette longitudinalement, nous broyant tous au passage, sectionne notre navire aux trois quarts arrière. Le choc détache la proue de la vedette, et la vague d'étrave précipite violemment ce tronçon d'embarcation, sur lequel se trouvent Julia et moi, à bâbord de la route du grand navire criminel.

Un morceau du pont en teck me frappe à l'épaule. Je suis éjecté, précipité en l'air et je retombe lourdement dans l'eau. Avant de perdre connaissance, je vois défiler devant moi un immense mur blanc d'acier, puis j'entends le battement sourd d'une hélice géante qui se rapproche. Les tourbillons me happent, je sombre dans l'eau noire en m'évanouissant.

Chapitre XII

Je vomis des litres d'eau salée. Mes poumons me brûlent, je tousse à m'en arracher les alvéoles pulmonaires. L'eau est huileuse autour de moi et j'aspire un air à l'odeur de fuel en toussant. Je suis vivant, heureusement que j'avais eu le temps d'enfiler le gilet que m'avait tendu Julia.

Julia, où est-elle ? Je ne vois que des débris flottant autour de moi, pas de trace de l'équipage non plus. Je m'accroche à un morceau de pont en bois de deux mètres carrés, le plus grand morceau qui reste de notre vedette. Pendant plusieurs minutes, je hurle « Julia ! Julia ! », jusqu'à en perdre la voix. Et puis je pleure. J'appelle au secours, je tousse… L'eau salée, quelle horreur !

La côte est loin, à plusieurs kilomètres. Je devine une falaise sombre, les Vaches Noires. Vers le large, à deux ou trois milles, je distingue le Gorki qui semble à l'arrêt. Une embarcation s'est détachée du flanc bâbord. Elle navigue dans ma direction. Peut-être qu'en réalité c'est un accident, et que le pilote n'a pas eu le bon réflexe. Ils viennent voir s'il y a des survivants. Ou alors je suis le seul rescapé, et ils viennent pour me tuer. De toute façon, je ne peux pas leur échapper alors, inch'allah !

Le puissant hors-bord est déjà à proximité de la nappe de débris huileux, et ralentit pour ne pas abîmer son hélice. Ils m'ont repéré, sans que je ne puisse faire un seul geste en leur direction, trop occupé à m'accrocher à ma planche de teck. Un homme debout à l'avant, se tenant à un bout tel un capitaine pirate, me désigne du doigt, et le bateau arrive à un mètre de moi sur son erre. Un marin me jette une corde, je m'accroche et ils sont deux à me tirer à bord. Je claque des dents, de froid et de peur.

— Merci.

Je remarque que les trois hommes ont un holster à la ceinture.

— Ouais, z'avez eu de la chance, me répond l'un d'eux avec un fort accent étranger.

— Si on veut, dis-je, entre deux claquements de dents, car j'ai vraiment très froid !

— On avait la consigne de vous éliminer, pas de vous capturer vivant.

— Trop aimable ! Vous… Vous avez fait la même faveur à mes camarades ?

— Tu es le seul rescapé, mon pauvre gars.

Non ! Julia, ma petite Julia.

C'est donc bien la preuve qu'elle ne me mentait pas sur ses véritables intentions. Et ces pourris l'ont assassinée. Je jure de te venger mon amour. Mais pour ça, il faut d'abord rester en vie, me souffle mon Lutin Bleu.

Le semi-rigide est bientôt à couple du Gorki. Une porte étanche est ouverte dix mètres au-dessus de la ligne de flottaison, et une échelle métallique souple bat contre le flanc du navire, au rythme du roulis. Je monte, encadré par mes sauveteurs. J'ai du mal à tenir les échelons car j'ai les muscles tétanisés par le froid. Passé la porte de coupée, une douce chaleur me saisit. Laura pose une couverture de survie sur mes épaules.

— Emmenez-le immédiatement à l'infirmerie, et prenez soin de lui !

Je ne la regarde même pas, je suis le marin, qui m'entraîne dans un dédale de coursives jusqu'à une pièce blanche à l'éclairage cru. Les murs sont occupés par tout le nécessaire à un bon dispensaire. Sur la gauche, une deuxième salle ressemble à une chambre avec des lits médicalisés, et à droite, sur une porte battante, un logo à trois branches indique l'unité de radiologie.

Un infirmier m'examine :

— Déshabillez-vous entièrement ! Vous avez une douche à l'entrée de la chambre.

J'avance vers cette source d'eau chaude.

Il y a des serviettes chaudes, des sous-vêtements, un pantalon de marin et un pull de laine posés sur une chaise de métal blanc. L'eau chaude me fait du bien, je reste de longues minutes sous la douche au faible débit, mes larmes se mêlent à l'eau chlorée. Je m'accroche à la cloison, je me plie en deux. J'ai mal au ventre, mal au cœur, mal à mon cœur. Je ne peux m'empêcher d'imaginer Julia engloutie par les flots. Aurais-je été capable de la sauver ? Quelque part, tant mieux si j'ai été assommé, je n'aurais pas supporté d'assister à sa noyade, à ma propre incapacité à la sauver. Pourquoi je suis vivant, moi ?

Une fois séché, habillé de propre, je regagne la chambre qui comprend quatre lits, et je remarque une forme alitée dans celui près du hublot. La personne est de côté, orientée vers la fenêtre, même si la hauteur du hublot interdit toute vue de la mer depuis le lit. Une perfusion est fichée dans son bras gauche. Et soudain mon cœur s'accélère ! Même au travers des couvertures, je reconnais une forme féminine. Je m'approche, doucement, pour retarder la déception. Des cheveux auburn s'échappent des draps. Je contourne le lit, soulève doucement le drap qui recouvre le visage, c'est Julia !

Elle dort, paisiblement. Je me remets à chialer, décidément...

— Désolée pour cette mauvaise blague de l'équipage de l'annexe, tu n'étais pas le seul survivant.

Laura se tient appuyée dans l'embrasure de la porte, les bras croisés et le déhanchement faussement innocent. Je remarque qu'on est passés du vouvoiement et de Monsieur Majorès au tutoiement.

— Elle va bien, tu sais ? Nous avons dû la placer en cure de sommeil car elle avait été choquée. Elle n'a pas eu ta chance de s'évanouir. Elle a assisté impuissante à l'explosion de la partie arrière de votre vedette, et à la mort de vos compagnons. Nous l'avons repérée en premier, et dès que la vitesse du Gorki a été suffisamment ralentie, notre hors-bord est allé la récupérer. Nos marins n'ont pas repéré d'autres survivants parmi les débris, tu devais être caché par le pont en bois. Tu as eu de la chance que notre vigie fasse un dernier tour à la jumelle avant de repartir sinon...

— Et, c'est tout ce que ça te fait d'avoir assassiné dix hommes ? Dix soldats français qui plus est.

— Assassinés, disons plus exactement qu'il s'agit de légitime défense. Et dix hommes, oui, mais pas des soldats français, des mercenaires à la solde de Upali, tu devrais dire.

« Ne tombe pas dans son piège, ne te dévoile pas », me conseille mon Lutin Bleu. « Mais on lui rentre dans la gueule à cette malade psychopathe, dis-lui ses quatre vérités à cette Géorgienne », nous rétorque Lutin Rouge. Ah, longtemps qu'il n'était pas venu me titiller celui-ci ! Je décide de voter Bleu.

— Mais Julia m'a dit qu'elle travaillait pour les services secrets ?

— Services secrets russes peut-être ? ironise-t-elle.

— Laisse-moi t'expliquer les évènements depuis que ta petite Julia t'a enlevé, en blessant gravement plusieurs de mes hommes, et en détruisant du matériel de l'État français. Nous avons immédiatement envoyé un drone de surveillance suivre votre hélicoptère. La direction prise n'a pas été une surprise pour mes services car nos informations pressentaient une attaque du Gorki. J'imagine qu'elle t'a inventé une histoire sur ce bateau et sa cargaison ?

— Elle n'a pas voulu me donner de détails, mais comptait suivre le Gorki qui transporterait effectivement une cargaison de valeur, volée, si j'ai bien compris.

— Que Upali comptait dérober pour financer des activités criminelles. Suis-moi !

Laura, ou Arnijah, je ne sais plus, m'entraîne dans de nouvelles coursives. Nous descendons quatre niveaux pour arriver dans une soute, fermée par un code et gardée par deux malabars lourdement armés. Mon accompagnatrice tape discrètement sur le clavier, et pousse une lourde porte blindée.

La pièce dans laquelle nous entrons est faiblement éclairée par des sources lumineuses tamisées. D'une quarantaine de mètres de large, comme le bateau, la pièce est suffisamment profonde et encombrée pour que je ne puisse pas distinguer le fond. Sur le côté gauche, des caisses rectangulaires et plates, de toutes tailles, rangées sur le champ.

— Viens, me dit-elle, et admire le plus grand rassemblement de tableaux au monde, en dehors des expositions permanentes des musées, bien sûr.

— Il y en a des centaines, peut-être des milliers.

Semblant deviner mon interrogation, Laura dit :

— Il y en a plus de deux mille cinq cents.

Deux mille cinq cents tableaux ! Bien plus que ce que Julia m'avait dit. Laura me met une main sur l'épaule et ajoute :

— Et regarde en face de toi !

Sur le côté droit de l'immense pièce, d'autres caisses, beaucoup plus imposantes, à raison de plusieurs centaines, posées sur des palettes.

— Trois cent cinquante sculptures. Tu imagines bien qu'un tel transport d'œuvres d'art, provenant de tous les pays européens, puisse tenter des organisations criminelles.

— Transport ?

— Décidément, ta petite copine t'a caché beaucoup de choses. Ce rassemblement inédit dans l'histoire de l'art, est destiné à l'exposition universelle d'Astana, afin d'être le joyau du pavillon européen. Montrer au monde les trésors du génie artistique du vieux continent, depuis l'Antiquité Grecque et Crétoise jusqu'aux chefs-d'œuvre de l'Impressionnisme et du Cubisme, en passant par les maîtres Flamands et Florentins. Et la commission Européenne a décidé de rassembler toutes les œuvres sélectionnées au Havre, afin de les embarquer sur un navire le plus discrètement possible. Malheureusement, malgré mes avertissements, le secret a été éventé, et Upali a monté une opération de piratage maritime.

— Tu veux me faire croire, enfin, tu veux dire, que la vedette sur laquelle j'ai été embarqué était censée prendre d'assaut un porte-conteneurs de 250 m de long, avec deux hommes armés ?

— Quel naïf tu fais, la vedette n'était que le bâtiment de coordination. Les commandos de pirates, ces mafieux, étaient répartis sur quatre semi-rigides, soit plus de soixante hommes armés jusqu'aux dents. Suffisant pour prendre d'assaut par surprise n'importe quel navire. Et les dix gendarmes que nous avons à bord auraient vite été submergés.

— Tu as l'air très énervée, pourtant tu as conjuré le pire ?

— Oui, mais je n'ai pas été écoutée, et les moyens accordés à ce transport étaient insuffisants. Heureusement, un drone m'a été procuré par mon directeur, autrement ma mission risquait le fiasco.

— Ta mission ?

— Oui, mon cher, je suis responsable de la sécurité de ce transport, pour la partie maritime, puis terrestre.

— C'est vrai, le Kazakhstan est enclavé.

— Transport maritime jusqu'à Anaklia, un port de la mer Noire.

— En Géorgie ?

Laura, ou Arnijah, me fixe avec admiration ou méfiance :

— Oui ! Bravo pour tes connaissances en géographie.

« Attention ! », me souffle Lutin Bleu, « ne la mets pas sur ses gardes ».

— Puis par train jusqu'à Astana, en passant par le sud de la Russie.

La jeune femme s'assoit sur une caisse et croise les jambes :

— Le drone nous a permis de repérer votre vedette suffisamment à temps. Le risque était de vous laisser nous suivre jusque dans les eaux internationales, où les commandos avaient tendu leur guet-apens. Aussi, nous avons pris la décision de vous aborder car, sans leur bateau de commandement et ses moyens de radio navigation, les pirates avaient beaucoup moins de chance de réussir leur coup. Comme la vitesse maximale de votre vedette était supérieure à celle du Gorki, il fallait réussir cet abordage du premier coup.

Je ne sais plus quoi penser, je m'assois à côté d'elle :

— Ouais, réussi pour le coup.

Laura pose sa main sur mon genou :

— On ne fait pas d'omelette sans casser des œufs.

— Et à la guerre comme à la guerre, je sais !

Elle retire sa main et m'attrape par la manche, elle proteste :

— Tu aurais certainement préféré qu'on te laisse à l'eau, ton espionne et toi ?

— Non, non, bien sûr. Je te prie de m'excuser... Merci Laura, je suis désolé, je ne sais plus où j'en suis.

Elle sourit, approche son visage d'un air maternel, et me caresse la joue, couverte d'une barbe de deux jours.

— Viens, je vais te montrer ta cabine, tu as l'air épuisé.

De nouveau des coursives et des escaliers, vers le haut cette fois-ci. Nous arrivons dans une galerie où le bois remplace le métal peint en blanc, omniprésent dans les autres secteurs du navire. Certainement les quartiers de l'équipage. Laura sort une clé, me pousse amicalement dans le dos, et nous entrons dans une cabine confortablement meublée. Une épaisse moquette anglaise, des tentures aux murs, des rideaux devant la baie vitrée. Ne serait-ce la vue, très maritime, on pourrait se croire dans n'importe quel studio des beaux quartiers parisiens.

Laura sourit d'un air coquin, et referme la porte à clé derrière elle.

— Mets-toi à l'aise. Elle enlève sa courte veste Chanel de tweed crème, et la jette négligemment sur la chauffeuse à côté de la porte.

— Mets-toi à l'aise, je te dis. Je suis sûre que tu es tout courbaturé. Elle s'approche en descendant le zip de sa jupe assortie, pose ses mains sur mes épaules pour me faire asseoir sur le lit. Sa jupe tombe à ses pieds et dévoile un porte-jarretelles rouge et noir, encadrant une petite culotte noire et rouge, assortie au soutien-gorge garni par deux seins à la peau tendue comme du raisin Chardonnay avant les vendanges.

— Je vais te masser, tous mes amants apprécient mes qualités de masseuse, me souffle-t-elle d'une voix lascive.

Message reçu fort et clair, m'dame, me dis-je. Je me laisse aller en arrière sur la couette à petites fleurs. Romantique la Miss Laura Antonelli ?

Laura est certainement une excellente masseuse, mais aussi très observatrice. Remarquant que la douceur de ses massages me provoque une langueur somnolente, consécutive à mon manque de sommeil, elle réoriente bientôt son massage musculaire des bras et des jambes, vers un autre membre, dont je pense le plus grand bien.

— Hé ! Ne t'endors pas amour, j'ai besoin d'un gros câlin, tous ces beaux marins autour de moi m'ont terriblement excitée.

Et devançant ma légitime question :

— Mais aucun ne me baisera, No zob in job, alors que toi…

Zob promis, zob dû. Qu'elle soit Italienne ou Géorgienne, Laura ou Arnijah, flic ou voyou, la jeune femme qui se penche sur moi pour me saisir délicatement dans sa bouche me fait un bien fou. Malgré ma fatigue, je ne tarde pas à me déverser en elle. Puis, en parfait goujat, je passe directement dans les bras de Morphée. Moi, quarante-huit heures sans dormir, et je vaux peau de zob… En quelque sorte !

Chapitre XIII

Une vibration sourde, un ronronnement de moteur que l'on met en marche. J'ai soif, et faim également. Où suis-je ? Ah oui, des souvenirs, agréables, me reviennent. Une lumière tamisée, venant de la baie vitrée voilée, éclaire suffisamment la pièce pour que je remarque, sur la petite table, un plateau avec une bouteille de jus d'orange, une thermos, des petits pains chauds et quelques fruits. Plus un grand cœur, dessiné sur un carnet à souche à l'entête de la Police Nationale. Humour ! Et dans ce joli dessin romantique, d'une écriture fine et anguleuse, quelques mots.

Amour, tu dors encore, dommage… J'aurais bien aimé prendre mon petit déj avec toi et avoir droit à mon petit câlin. Prépare-toi et attends-moi dans la chambre plutôt que de te perdre dans les coursives. Il y a quelques livres dans la commode. Je serai de retour vers neuf heures Bisous salés.

Neuf heures ? Du matin ? Je pousse légèrement le rideau, tout en croquant dans un petit pain. Il fait jour, mais très brumeux. J'ai dû dormir, je ne sais pas combien… Ma montre fonctionne encore malgré le naufrage, je lis 8 h 05. J'ai dormi au moins douze heures ! Je déjeune rapidement, puis je sors de la chambre, moitié par provocation, je n'aime pas qu'on me dicte ma conduite, et moitié poussé par l'instinct, sous l'incitation de mon Lutin Rouge. J'emprunte la coursive dans le sens inverse d'hier soir.

Tout est cohérent dans ce que m'a raconté Laura hier soir, mais j'ai encore du mal à croire à la culpabilité de Julia. Et si elles étaient toutes les deux du côté obscur ? Ou au contraire toutes les deux du côté de la loi, genre guerre des polices ?

Pétunias, tu n'es pas dans un roman policier ! Tiens voilà que je m'appelle par mon prénom maudit, longtemps que ça ne m'était plus arrivé. Jamais je ne comprendrai pourquoi ma mère m'a donné ce prénom ridicule. Déjà que le nom de famille de papa, Majorès, n'était pas courant, même si maman affirmait que c'était un nom usuel en Haute-Savoie et au Piémont. Il est vrai que les parents de papa étaient arrivés d'Italie en 1936, poussés à émigrer, non pas par la faim, mais par le fascisme. Professeur d'université à Turin, grand-père Paolo était plutôt connu pour ses amitiés avec le PSU (Parti Socialiste Unitaire), rapidement mis hors la loi par Mussolini. Il avait courageusement tenu sa chaire de Politique et Histoire Sociale treize ans sous le régime fasciste, continuant de diffuser aux étudiants l'histoire de la Démocratie Athénienne et de la République Romaine, sans renier aucunement ses convictions. Sa notoriété le protégeait des agissements des Jeunesses Fascistes, mais début 1936, des amis, inquiets pour sa sécurité et celle de sa famille, conscients que jamais ils ne le convaincraient de mettre en sourdine ses opinions politiques, le supplièrent de se réfugier en France. L'arrivée au pouvoir du Front Populaire « conviendrait mieux à son teint » comme lui dit son meilleur ami, le Professeur Ulysse Urbano, physicien de renom, mais pas dénué d'un solide bon sens.

Donc maman me disait que *si j'étais aussi intelligent que le prétendait mon père, je résoudrais un jour l'énigme de mon prénom.* En attendant, je vous assure que Pétunias Walter ne fut pas facile à porter jusqu'à l'adolescence.

Mes pensées me conduisent jusqu'à un nouvel escalier qui monte sur la passerelle. Je n'ai rencontré personne jusqu'à présent. J'avance maintenant sur une coursive extérieure. Heureusement que je ne suis pas sensible au vertige car cette passerelle domine d'au moins quarante mètres l'océan. De cet endroit, on peut visualiser l'ensemble du navire. Devant moi, l'étrave fend une mer relativement calme, l'allure du cargo semble modérée. Vers l'arrière, une vue sur les conteneurs, effectivement peu nombreux, et au-delà la vague de sillage, visible sur des kilomètres.

Sur ma droite, la passerelle de commandement. Un homme seul est à la barre, concentré par le pilotage du monstre, il ne m'a pas remarqué. Derrière la passerelle, le château se prolonge sur une quinzaine de mètres de profondeur. Trois portes se succèdent tous les quatre mètres. Je décide de pousser la première. La pièce est vide, manifestement un salon de repos avec télévision et canapés. Des voix parviennent d'une seconde pièce au bout de celle-ci. Je m'approche discrètement. Une voix d'homme et une voix de femme. La discussion semble très animée. Je reconnais la voix de la femme, Laura.

Je ressens soudain un malaise, il me semble qu'elle parle de moi. La voix de l'homme ne me semble pas inconnue. Je me plaque contre la cloison, derrière le meuble télé, mais suffisamment proche de la porte pour capter la conversation. Où ai-je déjà entendu cette voix ? Mais oui, c'est la voix de l'homme qui avait appelé Laura dans le SUV Audi. Elle était hâtivement passée sur écouteurs, et je pensais que c'était pour protéger la discrétion de leur conversation. Je comprends qu'en fait, il s'agissait de me cacher cette voix. Celle du Directeur de son service de police... Ou d'un ponte de Upali, bien sûr.

— Tu ne peux pas faire ça, Arnijah !

— Ne m'appelle pas comme cela voyons !

— Qui veux-tu qui nous entende, l'équipage est en train de préparer le transbordement.

— Il ne s'agit pas d'eux, idiot ! D'ailleurs la plupart sont des compatriotes ou des Russes.

— Ah, reconstitution de ligue dissoute ? tente d'ironiser la voix masculine.

— Que veux-tu dire ? lui répond sèchement Arnijah.

— L'ex-URSS, voyons.

— Imbécile, embrasse-moi plutôt.

— Petunias ne t'a pas suffi ?

Arnijah éclate de rire, d'un rire glaçant que je ne lui connaissais pas, j'en ai des frissons dans ma cachette précaire :

— C'est trop drôle, si tu savais. Cet imbécile s'est endormi après une petite pipe à la débutante, avec un sourire béat, je suis sûre qu'il rêvait de me demander en mariage.

D'imaginer que ce niais, en plus, s'appelle Pétunias, c'est le bouquet !

— Arrête avec ça !

— Jaloux, mon chéri ? En plus, j'ai joué à la gamine amoureuse, et je lui ai laissé un joli cœur dessiné et un mot doux. De toute façon, dans une heure, il n'aura plus aucune raison de te rendre jaloux.

— Il n'en est pas question, on vient d'en parler, tu ne touches pas un cheveu de cet homme.

— Je te l'ai dit, ce n'est pas après ses cheveux que j'en avais hier soir.

— Ne ris pas, tu sais très bien de quoi je parle ! Il n'est pas question que tu l'élimines. Je te l'interdis !

— Ah mais j'en ai rien à foutre de tes interdictions ! Je reçois mes ordres du Conseil, et la consigne est claire, éliminer tous les témoins. Nous n'avons gardé en vie cet abruti et sa pétasse, que pour leur soutirer des informations. C'est fait pour la petite garce, même si la dose de Penthotal a dû être triplée.

— Tu aurais pu la tuer.

— Oui, et alors ? Dans une heure, ça ne fera plus de différence. Pour ton Pétunias, je comptais m'amuser un peu avec lui et tester ma capacité à lui soutirer des informations de manière, disons, plus soft. C'est la nouvelle mode dans la police moderne, tu sais ?

— Si tu touches à mon ami, je…

— Ton ami, bien sûr, et tu feras quoi ? Si j'entends encore un mot là-dessus, je te fais mettre aux fers pour trahison. Je te rappelle que l'équipage est à mes ordres.

Et la vérité se glisse doucement dans mon esprit, contre toute logique, contre toutes mes valeurs sur l'amitié. et la confiance que l'on met dans un être, auquel on confierait sa propre vie si les circonstances s'y prêtaient. Je viens d'identifier la voix de cet homme. Pourtant, ses propos semblent incohérents, puisqu'il veut m'épargner alors qu'il s'agit nécessairement d'une canaille de la pire espèce. Il est l'amant de cette femme Laura/Arnijah, qui s'est jouée de moi, et veut nous éliminer sans un soupçon d'hésitation.

Cette voix, bien que cela semble impossible, c'est celle de Pascal. Pascal, mon ami depuis vingt ans. Pascal que je croyais kidnappé, assassiné peut-être, comme Marcel. Il faut que je comprenne, je dois lui parler. Mais d'abord quitter ce piège, avec Julia. Se sortir de ce cauchemar.

Les talons de Arnijah claquent sur le sol métallique. J'ai juste le temps de me plaquer au mur, derrière un meuble qui me dissimule tout juste. Elle surgit sur le pas de la porte de communication et pointe un doigt rageur vers, j'imagine, Pascal.

— Je te conseille d'aller surveiller les opérations de transbordement. Ton idée de répartition sur plusieurs porteurs était géniale, mais assure-toi qu'elle soit correctement appliquée.

Re-claquement de talons, elle fait demi-tour, retourne dans la pièce du fond, bruit de baiser sec et violent.

— Allez Pascal reprends-toi ! Nous n'avons pas fait tout ça ensemble, depuis des années, pour foirer sur une émotion. Il faut parfois sacrifier ses amis à son ambition. Et qu'est-ce que tu imagines ? Qu'il n'irait pas directement te dénoncer à la police ? Tu serais foutu, mon pauvre amour. D'ailleurs la police, elle est déjà à bord. Cette gamine, Julia, est réellement dangereuse.

— Julia, je m'en fous, tu peux... Enfin, tu peux... l'éliminer. Après tout c'est la fille de mon ennemi, celui qui m'a conduit à devenir ce que je suis, alors, qu'elle paye pour les fautes de son père.

— Bien, et tu comptes exercer ta vengeance sur combien de générations ? Allez, je m'occupe de la petite, elle ne souffrira pas. Ensuite je m'amuse encore un peu avec ton... « ami ». Je te promets qu'il aura une mort douce, la petite mort et la véritable dans le même instant.

Nouveau demi-tour des talons, la Géorgienne sort directement de la pièce d'une démarche décidée, par chance sans regarder dans ma direction, pour préparer sa sale besogne de tueuse à sang froid.

Vite, parler à Pascal, puis sauver Julia, avant qu'il ne soit trop tard. Je rentre dans la pièce du fond, Pascal est penché sur des plans format A1, on dirait des plans de chargement, comme pour un convoi logistique. Il sent une présence derrière lui, replie prestement les feuillets, j'ai juste le temps d'apercevoir qu'il ne s'agit pas de camions. Il se retourne tranquillement :

— Tu es là depuis longtemps ?

— Oui. Tu n'as pas l'air surpris ?

— Je sentais, ou plutôt pressentais ta présence. Alors, tu as tout entendu.

— Oui, j'ai tout entendu.

Je viens de décider de jouer cartes sur table :

— En tout cas, suffisamment pour comprendre que je croyais connaître Pascal Schenk, ami, mari, père et fils aimant. Patron d'une entreprise de transport d'une intégrité au-dessus de tout soupçon, jamais un paiement au black, jamais de petits arrangements. En tout cas, j'en étais persuadé jusqu'à cet instant. Et en réalité, tu es un truand de la pire espèce, pourvoyeur de cette mafia d'Europe de l'Est, complice, ou même peut-être instigateur d'un pillage des musées européens, et pire que ça, responsable, si un miracle ne se produit pas dans les prochaines heures, de la plus effroyable boucherie depuis Hiroshima et Nagasaki.

— Mais qu'est-ce que tu racontes ? Tu délires, mon pauvre ami. Oui, je suis devenu un truand, oui, je leur fournis mon entreprise de transport comme couverture, pour des trafics en tout genre, et je peux t'expliquer pourquoi. Mais je ne comprends rien à ton hystérie sur Hiroshima. Oui, nous avons réalisé le plus grand braquage d'œuvres d'art de tous les temps, sans aucune violence, sans même que les populations l'apprennent ; en tout cas, pas par nous. Et ces œuvres vont nous financer un gigantesque achat de cocaïne. De quoi devenir les leaders du marché européen, en tuant la concurrence, comme dans toute bonne entreprise capitaliste, rien de plus.

— Rien de plus, la cocaïne, quel cynisme ! Mais tu me prends encore pour un idiot !

— Non, mon ami, mais parle, que veux-tu dire ?

— Tu as encore le culot de nier qu'il s'agit d'achat de plutonium pour construire une bombe sale qui fera des centaines de milliers de morts ?

Pascal devient livide, le regard dans le vide, sa main cherche la table à cartes comme appui. Il se laisse tomber sur une chaise.

— Alors c'est pour ça, les conteneurs plombés, balbutie-t-il.

Il parle à voix haute, mais comme pour lui-même.

— Ce conteneur rose, couleur tellement surprenante, que je m'en suis approché lorsque la grue du port le chargeait. Et soudain, à un mètre du sol de la cale, il a basculé vers l'avant comme si le chargement avait bougé, un choc sourd sur la porte. Et les deux gardes armés qui se précipitent pour l'ouvrir, à peine posé. Quatre petites malles de 60x40 cm avaient glissé contre la porte. Les deux gardes ont eu beaucoup de mal à les repousser au fond, comme si elles étaient anormalement lourdes. Un petit homme en combinaison grise est arrivé en les engueulant, et il a refusé sèchement l'aide de deux dockers.

— Des malles en plomb, pour accueillir des barres de plutonium !

Pascal se lève brusquement :

— Viens, je vais t'aider à te sauver.

— Non ! Pas sans Julia.

Pascal sourit, malgré son teint blême, cet homme vient de voir sa vie s'écrouler en quelques instants :

— Toujours amoureux ?

— Ne dis pas n'importe quoi, mais elle m'a sauvé la vie. Et je ne sais pas pour quelle raison, tu étais prêt à la sacrifier à la folie sanglante de ta maîtresse géorgienne.

— Walter, ta vie est également en danger, tu l'as bien compris. Mais je vais vous aider tous les deux. Prends ce couteau et va délivrer Julia avant qu'il ne soit trop tard. Pendant que tu te précipites vers l'infirmerie, je téléphone à Laura et j'invente une excuse, pour gagner du temps et te permettre d'arriver. On improvise, pas le temps de finasser. Puis, rejoignez-moi au point d'évacuation B3, comme Bâbord canot n° 3. Et dépêche-toi ! Notre chance vient de la brume, qui cachera rapidement notre canot. Et je ne crois pas qu'ils prendront le risque de perdre du temps, et de mettre en panne une deuxième fois. Sinon, le rendez-vous de transbordement serait compromis.

Je me précipite vers l'infirmerie, en espérant que mon sens de l'orientation ne me fasse pas défaut. Je descends les escaliers métalliques quatre à quatre. Ces quelques minutes passées à m'expliquer avec Pascal, ont peut-être été fatales à Julia. J'espère avoir compris la psychologie de tueuse sadique de Arnijah. Je mise qu'elle n'aurait pas commis son acte maléfique sans vouloir auparavant profiter de cet instant, et jouir de la peur de sa victime.

Après un sprint dans les coursives, je pousse la porte barrée d'une croix rouge de l'infirmerie. Pas un bruit, mais les lumières de la salle de soins et de la chambre sont allumées. Le souffle coupé par cette course, je vois Arnijah, de dos, tournée vers le lit de Laura, en train de reposer le combiné téléphonique.

— Non, arrête Laura !

— Tu en as mis du temps. J'ai failli m'impatienter, dit-elle, sans se retourner.

Je remarque qu'elle manipule le goutte-à-goutte, je m'approche lentement.

— Stop, dit-elle en se retournant.

Elle dégaine un revolver de sa ceinture.

— Reste où tu es, sage, et tout se passera bien. Tu vois, je ne suis pas aussi mauvaise que tu dois l'imaginer. Je préparais une mort douce pour ton amie, et d'un mouvement de menton elle m'indique une poche de liquide à transfusion, posée sur la table de chevet en formica jaunâtre. Une étiquette chlorure de potassium, avec une tête de mort, qu'elle va relier à la transfusion de Julia, à la place du sérum protéiné.

— C'est quoi cette merde ?

— Une mort douce, je te dis, car je sais bien que tu l'aimes. Une euthanasie, avec la dose de Penthotal que je lui ai injectée hier, elle est dans un état comateux. Je remplace sa perfusion par du chlorure de potassium et dans quelques minutes, son cœur s'arrêtera, sans qu'elle ne souffre.

— À qui parlais-tu au téléphone ?

— Mais à mon amant, petit chéri naïf. Tu ne pensais pas qu'il allait réellement t'aider à t'enfuir avec cette gamine ? Il vient de tout m'expliquer, je savais que tu arrivais et je voulais que tu assistes au départ de ta chérie. C'est la moindre des choses que les proches soient présents pour une euthanasie, pour un dernier adieu.

Elle prononce ces mots avec un calme glaçant, son arme pointée sur moi. Le poignard que Pascal m'a donné est passé dans ma ceinture, dans mon dos, mais je n'ai aucune chance de le prendre et de le lancer avant qu'elle ne m'abatte. En plus, je n'ai jamais fait de lancer de couteau. Et puis cette ordure de Pascal a également dû lui dire pour le couteau. La faire parler pour gagner du temps, c'est la seule solution. D'abord sauver Julia et me sauver, ensuite on improvisera pour sortir de cette galère. Il faut flatter son ego, me soufflent mes deux Lutins, unis par l'urgence.

— Décidément tu es trop forte pour moi. Mais pourquoi Pascal a-t-il d'abord fait semblant de vouloir m'aider ? Il aurait pu me neutraliser sans ces simagrées, non ?

— C'est notre cadeau de réconciliation. Puisque tu as entendu notre conversation, je n'ai pas besoin de t'en dire plus. Alors, Pascal a pensé que ça me ferait plaisir de te voir assister au départ de ta Julia. D'ailleurs il ne va pas tarder. Bon, excuse-moi, mais je dois finaliser le protocole comme on dit. Comme les amoureux sont impulsifs, assieds-toi dans ce fauteuil à l'autre bout de la pièce, et mets tes mains sur la tête.

Je m'exécute.

Laura fait alors une minuscule erreur, mais dont les conséquences vont être immenses. Elle se retourne, pour fermer le robinet de la perfusion qui gouttait sur la table de nuit et sur la poche de chlorure. En une demi-seconde, j'attrape le couteau dans mon dos et le tiens entre deux doigts, ma main prestement revenue sur la tête. J'espère que mes années de magicien amateur vont me permettre de dissimuler cette arme blanche dérisoire, aux yeux de cette tueuse à sang froid... Même si elle a su être très chaude.

Pour connecter la poche de chlorure mortel à la perfusion, Arnijah a besoin de ses deux mains, mais elle ne peut pas poser son arme, ni me lâcher des yeux. Il suffirait qu'elle attende l'arrivée de Pascal, mais elle est trop impatiente de commettre son crime. Elle s'énerve sur la perfusion, la poche de chlorure de potassium, trempée par la fuite de Penthotal, lui échappe de la main gauche et glisse par terre. Elle se penche pour la rattraper, c'est ma chance, je n'en aurai pas une deuxième. Je saisis fermement le couteau, je vise le dos de la tueuse et lance le bras.

Arnijah, sauvée par son instinct, se retourne vers moi et le poignard atteint son avant-bras droit. Elle crie, je me propulse en avant, ma tête percute son plexus. J'ai le dessus, du moins je le pense. Une douleur m'irradie la tempe, j'ai des étincelles dans les yeux. Je tombe sur le dos lourdement, poussé par une main puissante. Après ce coup porté avec la crosse de son arme, Arnijah m'envoie un coup de genou dans le bas-ventre. J'ai un haut-le-cœur. Elle pose ses deux genoux sur mon ventre, pousse le canon de son arme entre mes lèvres. Je suis trop stupéfait pour avoir peur.

— Pourquoi as-tu voulu faire le malin ? Je te réservais une mort douce dont rêveraient tous les mâles.

Elle rugit, tend son bras droit blessé, et viole ma bouche avec son Beretta. Le sang s'échappe de la manche de sa veste Chanel. De sa main gauche, sans me quitter de ses yeux exorbités, elle retire doucement le poignard de son biceps, pourtant enfoncé jusqu'à mi-lame. À peine laisse-t-elle échapper un gémissement. Puis, horrifié, je la vois lécher la lame, son regard de démente scrutant toujours le mien. Elle est méconnaissable, folle, pas uniquement de douleur. Elle dodeline de la tête, de droite et de gauche. Le canon de l'arme appuie douloureusement sur ma glotte, j'étouffe.

— Tu m'obliges à te tuer d'abord, dit-elle d'une voix douce, presque désolée.

Je sens son index appuyer sur la détente, je ferme les yeux instinctivement, c'est la fin.

Le canon recule un peu, je peux respirer, une dernière goulée avant le grand saut. Puis le tube de métal froid glisse hors de ma bouche, je sens la pression des genoux sur mon ventre diminuer, et le corps de Arnijah basculer sur le côté.

J'ouvre les yeux, Julia est au-dessus de moi, livide, dans sa chemise de nuit d'hôpital, comme sortant d'un profond cauchemar. Elle regarde ses mains, ébahie. Je tourne la tête sur le côté, Laura gît sur le ventre, le visage tourné vers moi, les yeux grands ouverts remplis de stupeur. Un mince filet de sang s'échappe de la commissure de ses lèvres. Un scalpel est planté entre la troisième et la quatrième vertèbre cervicale.

Je me relève difficilement, juste à temps pour recevoir Julia, qui s'évanouit dans mes bras.

— Qu'est-ce que vous foutez ? Pascal débarque comme une fleur, un énorme sac de marin sur l'épaule, couvert d'une imposante combinaison orange intégrale.

Fou de rage, je le pointe avec l'arme de sa maîtresse décédée :

— Salaud, et moi qui te faisais confiance !

— Ah, parce que j'ai appelé Arnijah ? Mais imbécile, c'est pour qu'elle attende ton arrivée plutôt que de supprimer Julia. C'est le seul moyen que j'ai trouvé pour nous donner du temps.

— Tu aurais pu venir m'aider à maîtriser ta copine ! Que faisais-tu ?

— Je préparais notre fuite, j'équipais le canot et j'ai aussi emprunté ceci.

Il me lance le sac de marin et précise :

— Des combinaisons de survie, comme celle que je porte. Étanches et à flottabilité positive. Nous augmentons nos chances de survie, même si on était amenés à abandonner notre canot de sauvetage. Je vais t'aider à habiller Julia, elle a l'air encore dans le coaltar.

— Stop !

Je le tiens toujours en joue. Je n'ai aucune confiance en lui.

— Enfin, ne fais pas le con, je me suis grillé pour toi, il faut faire vite avant qu'un guetteur découvre le canot débâché.

Et son regard se porte sur Laura/Arnijah, dont le corps était caché par le premier lit de la chambre.

— Elle, elle est morte ? Il pâlit, il s'approche et voit le scalpel planté dans la nuque, ne dit rien, le regard fixé sur le visage de sa maîtresse. La folie, qui se lisait dans son regard il y a quelques instants, a disparu. La mort l'a figée en chien de fusil, dans une posture d'enfant endormie.

— Habillez-vous, vite ! nous lance Pascal, sans la quitter du regard.

Chapitre XIV

La chance est avec nous, nous avons atteint le canot sans encombre. Le plus difficile fut de porter Julia dans les escaliers et les coursives. Mon Amour, car dorénavant je suis certain de mes sentiments, sort doucement de son état comateux.

Nous grimpons tous les trois dans le canot de sauvetage. Pascal déclenche le système d'évacuation du bossoir à gravité.

— Cramponnez-vous ! ordonne-t-il, tandis que le canot descend rapidement vers la surface de l'eau, autofreiné par un système automatique à câbles.

Au contact de l'eau, les amarres se détachent, et le Gorki s'éloigne rapidement de notre embarcation non motorisée. À part nos combinaisons orange fluo, notre canot est invisible dans la nuit noire. Pascal rabat la bâche abri au-dessus de nos têtes, difficile maintenant de nous distinguer pour un observateur extérieur, d'autant plus que Pascal a détruit les feux de signalisation. Espérons qu'un cargo ne croise pas notre route, il nous enverrait par le fond sans même s'en rendre compte. Je suis soulagé, mais nous ne sommes pas encore sauvés :

— Pascal, comment allons-nous nous rapprocher de la côte ?

— Il doit y avoir des rames. Oui, tiens voilà ! Passe la tienne dans le clip à ta gauche. À la boussole, je dirais direction plein sud, et nous devrions être sur la côte du Calvados dans moins de vingt-quatre heures.

Nous commençons à ramer après avoir aidé Julia à se restaurer d'une ration de survie. Elle est encore choquée et ne s'exprime que par gestes.

Au début, nous profitons, sans parler, du calme du large et de cette sécurité toute relative. Mais j'ai décidément trop de questions pour lui :

— Alors, dis-moi, comment t'es-tu fourré dans cette galère ?

— Tu veux vraiment le savoir ? Rien de très beau dans tout ça.

Mais Pascal semble soulagé de pouvoir se confier :

— Tout avait commencé à cause de Marcel, poursuit Pascal. Il y a encore quinze ans, c'était un bel homme. La quarantaine flamboyante. Ce que nous ne savions pas, c'est que la disparition de sa femme l'avait rendu fou de chagrin et qu'il avait changé de comportement social, en particulier avec les femmes. Il était devenu en quelque sorte un prédateur, cherchant de nouvelles proies la nuit. Il était très discret sur sa double vie. Seule sa fille pouvait être au courant.

Pascal désigne Julia d'un mouvement de tête rageur. Puis il nous raconte l'évènement qui a tout déclenché :

— C'était à l'occasion de la Saint-Christophe, nous confie-t-il.

Alors que tous les employés étaient réunis pour se préparer à fêter leur Saint Patron dans le garage, installant de longues tables entre les semi-remorques, Michèle, la femme de Pascal, et aussi la mère de son fils Marc, passait saluer tous les mécanos, trinquant à la Saint Christophe. Elle commençait à avoir un peu trop bu.

Michèle était une femme-enfant, ils s'étaient rencontrés dans le Var en été. Pascal avait déjà vingt-cinq ans et je ne lui connaissais que très peu d'aventures, toutes sans lendemain. Sa timidité et son engagement dans les études, puis auprès de son père dans le garage, lui laissaient peu d'opportunités. Je ne crois pas qu'il en ait jamais été frustré, ni même malheureux. Michèle avait à peine dix-neuf ans, ils se sont plu. Au retour de congés, il la présentait à ses parents, trop heureux de voir une compagne auprès de leur fils unique. Trois mois plus tard, le père Schenk mourait d'une crise cardiaque, et Pascal se retrouva à la tête d'une entreprise de cent vingt personnes. Le mariage fut sobre, préparé un peu dans la précipitation, à peine les obsèques terminées. Pascal étant trop occupé par la conduite de l'entreprise, sa mère se chargea des préparatifs. Michèle n'avait que sa mère, veuve de guerre, son père était mort dans l'attentat contre l'immeuble Drakkar à Beyrouth en 1983. Elle laissa sa future belle-mère gérer son mariage, mais je crois qu'elle en a voulu à Pascal.

Pascal poursuit son tragique récit :

— Comme je devais absolument finir un dossier tranquillement chez moi, poursuit Pascal, je voulais m'éclipser de la fête de Saint-Christophe sans gâcher l'ambiance, alors j'ai demandé à Marcel de s'occuper d'elle

145

et de la ramener à la maison. Tu sais, Marcel était un peu un père de remplacement pour moi depuis la mort de papa, et lorsque Michèle est entrée dans la famille, il l'a prise en affection, comme sa fille. Julia, tu en étais même un peu jalouse, souviens-toi ?

Ladite Julia hausse les épaules sans rien dire tandis que Pascal reprend sa narration :

— Une demi-heure plus tard, je m'aperçois qu'il me manque des pièces au dossier et qu'elles ont dû rester à mon bureau. Je prends ma moto Suzuki et, cinq minutes plus tard, je la gare dans la cour devant le garage à semi-remorques. La fête bat son plein, je me dis que je vais encore recevoir une lettre de la Mairie sur les nuisances sonores. Je monte à son bureau, l'ouvre, puis allume la lumière. Je commence à chercher ce satané dossier, sans le trouver, quand je remarque le manteau et le sac de Michèle sur son fauteuil.

La voix maintenant tremblante à l'évocation de ces moments, Pascal s'arrête quelques instants avant de se ressaisir :

— Je n'avais pas remarqué que mon épouse était dans le garage sans son manteau. Et puis je me suis souvenu d'avoir passé les documents que je cherchais à Isabelle, pour qu'elle vérifie des aspects juridiques. J'ai alors foncé vers son bureau, en espérant qu'elle l'aurait laissé ouvert, sinon j'aurais été bon pour fouiller la réserve à clés et récupérer le double.

Pascal tremble tellement qu'il arrête de ramer. Il doit se forcer à continuer tant ces évènements lui sont douloureux. En passant devant le bureau salon qui servait à recevoir les clients VIP, celui-là même que Julien occupera plus tard, il s'arrêta sur le seuil car il lui semblait entendre des murmures. Il sourit en voyant de la lumière filtrer sous la porte de son cabinet de toilette imaginant que Marcel devait faire visiter son boxer Calvin Klein à l'une de ses mécaniciennes. Pascal a des sanglots dans la voix :

— Comme je trouve qu'il abuse et que j'ai vraiment besoin de ce dossier, j'ouvre la porte et là ... là ! Je découvre Michèle, ma Michèle, accoudée au lavabo et Marcel en train de la ... de la baiser. Et je reste interdit, elle jouit, ils ne se sont même pas aperçus de ma présence. Tu te rends compte ?

Et il me prend à témoin, comme si cette scène venait de se dérouler devant nos yeux.

Pascal lâche la rame et se prend la tête dans les mains :

— Et lui, il lui disait des saloperies, la traitait de tous les noms, et elle jouissait encore plus. À un moment, il lui a même dit, ton puceau de mari ne te fait pas jouir comme ça, ma petite salope, hein ? Et elle a répondu que non, sanglote-t-il, et que seul Marcel savait la faire jouir, comme à chaque fois... À chaque fois !

Je passe ma main sur son cou. Que dire ?

Se redressant, il s'essuie le visage avec la paume de la main, reprend sa rame et continue son récit :

— J'ai refermé la porte, anéanti par ce que je venais de vivre. Je suis reparti chez moi. Je me suis déshabillé et

147

j'ai attendu sur le lit. Environ deux heures plus tard, j'ai entendu la clé dans la porte, et Michèle est arrivée, la démarche peu assurée et décoiffée. Elle devait pressentir quelque chose à mon air grave, car elle est restée debout devant le lit, titubant légèrement. Et là, je lui ai dit froidement de décamper, qu'elle ne reverrait plus jamais son fils. Que mon avocat ferait en sorte qu'elle ne manque de rien, mais que s'il lui venait l'idée de réapparaître, je lui pourrirais la vie comme jamais. Qu'une de ses amies vienne récupérer ses affaires demain. Pour tout le monde, elle aurait disparu subitement, sur un coup de folie. Après tout, chaque jour des gens disparaissent sans explication. Pascal reprend sa rame et moi aussi. Il retrouve son calme pour nous raconter la fin de cette tragédie :

— Elle est ressortie sans un mot. J'ai avalé deux somnifères avec un double whisky. Le lendemain, j'avais décidé de virer Marcel manu militari, mais je ne me voyais pas vivre sans Michèle, et encore moins priver notre fils de sa mère. Je voulais juste la punir, qu'elle comprenne sa douleur, et la mienne. J'ai attendu toute la journée qu'une de ses amies vienne, à qui j'aurais demandé de transmettre ce message à Michèle. Mais personne n'est venu, ni ce jour, ni le lendemain. Je n'allais plus au travail. Le troisième jour, j'ai appelé toutes ses amies, aucune ne l'avait vue depuis cette funeste soirée. Alors j'ai compris, elle avait dû se réfugier chez son amant, Marcel, plus vieux qu'elle de vingt ans. Que pouvait-elle lui trouver ?

Pour ne pas faire de scandale public, Pascal avait décidé de débarquer chez Marcel après sa journée de travail. Marcel n'avait pas cherché à s'excuser, rejetant même la faute sur Pascal qui aurait passé trop de temps au travail, et pas assez à s'occuper de sa femme et de son fils. Marcel avait juré sur la tête de sa fille Julia qu'il n'avait pas revu ni hébergé Michèle. Pascal lui avait alors demandé de quitter l'entreprise immédiatement, ce que le vieux contremaître avait refusé catégoriquement, menaçant même de révéler à Marc que Pascal était responsable de la disparition de sa mère.

— Depuis, précise Pascal, Marcel et moi jouons la comédie du patron et de son chef d'atelier. Si tu y penses, plus jamais tu ne nous as vus déjeuner ou dîner ensemble, si ce n'est pour parler boulot.

— C'est vrai, mais je pensais que de ton côté, la « disparition » de Michèle t'avait affecté gravement et que tu te concentrais sur ton fils. Et je me souviens que c'est à partir de ce moment-là que j'ai constaté un changement de comportement chez Marcel.

— « Affecté », oui, tu peux le dire, et c'est quelques semaines plus tard qu'une jeune femme est venue pour négocier une série de transports, qu'on qualifie de VIT, Very Important Transport, dans notre milieu. Il s'agissait de transports à très longue distance entre plusieurs grandes métropoles d'Europe et des Républiques de l'ancienne URSS. Il fallait être capable de mettre en place une solution sous vingt-quatre heures après chaque sollicitation, et n'utiliser que des itinéraires qui nous seraient fournis spécifiquement. Elle n'a pas discuté les prix, proposant même des primes pour les chauffeurs qui arrivaient avant l'heure contractuelle. Auparavant j'aurais refusé ce genre de proposition, pas vraiment conforme à notre éthique. Mais là, après la disparition de Michèle et ma dépression, mon black dog, les contrats se faisaient plus rares, le bruit s'était répandu que j'étais à terre, et seuls les clients historiques de l'entreprise nous restaient fidèles. À l'époque, toutes les actions de vente reposaient sur moi, je n'avais pas encore embauché Julien. Alors, j'ai accepté de signer ce pacte avec le diable.

Au début, la jeune femme le contactait une à deux fois par mois, puis le rythme s'est accéléré. Elle tenait à remettre elle-même aux chauffeurs performants, lors d'une petite cérémonie, la prime promise qui pouvait s'élever à plusieurs centaines d'euros pour un transport. Au début, Pascal assistait aux rites, puis elle commença à gérer toute seule ce type de cérémonial. Un jour, elle arriva avec une liste sur laquelle il reconnut deux noms de chauffeurs parmi les huit ou dix qui avaient déjà travaillé pour « Elle ». Elle lui demanda de ne travailler dorénavant exclusivement qu'avec ces deux chauffeurs. De les réserver à ses besoins, et de ne pas les engager sur d'autres missions, et promit qu'elle assumerait l'intégralité de leurs salaires s'il le fallait.

Il lui fit remarquer que pour lui, ce n'étaient pas les meilleurs ni les plus irréprochables.

— C'est justement parce qu'ils ne sont pas irréprochables qu'ils seront fiables, car ils me seront redevables. Elle n'employa même pas le mot « nous », elle avait pris le pas sur mon rôle de chef d'entreprise. Elle me confia alors qu'elle était Commissaire Principal Spécial, attachée à la sécurité intérieure et que ces transports devaient absolument rester discrets.

— Cette jeune femme, c'était Laura, enfin Arnijah ?

— Oui, c'était elle, déjà belle comme le jour. Et peut-être que c'est également pour ça, que sans m'en rendre compte, je cédais si facilement à ses demandes. Elle avait besoin de ces deux hommes pour des transports beaucoup moins légaux. C'est comme ça que je suis rentré dans le business. Ensuite, nous nous sommes rapprochés, nous sommes devenus amants. Je me rends compte maintenant qu'elle avait une totale emprise sur moi. Il faut dire qu'elle me fournissait, discrètement s'entend, des…produits pour tenir le coup avec ma dépression, comme de la cocaïne.

— Mais comment se fait-il que je ne l'avais jamais rencontrée auparavant ?

— Laura évitait de venir au garage, que ce soit avec moi ou avec les chauffeurs. Les rendez-vous étaient toujours à l'extérieur, et c'est vrai qu'elle avait la manie de changer de lieu régulièrement.

Puis vint le moment où elle présenta Pascal à des « amis », qui ne fréquentaient que des lieux très huppés. Ils étaient systématiquement invités tous les deux, et Laura, enfin Arnijah, le présentait ouvertement comme son compagnon. Pascal se retrouva rapidement totalement dépendant d'elle, psychologiquement et sentimentalement.

Julia lève les yeux vers Pascal, le nez toujours dans le col de sa combinaison. Elle semble émerger de son coma artificiel.

— Les fréquentations de Laura, des hommes d'affaires qu'elle me décrivait comme des informateurs importants pour son travail de police, étaient vraiment très chaleureux et sympathiques. Au bout de quelques rendez-vous, dans des carrés VIP, toujours très festifs et alcoolisés, un Géorgien au prénom de Sergueï, il ne m'a jamais donné d'autre nom, qui me parlait de ses activités de manière à peine feutrée, me proposa de rentrer dans son business, pour élargir mon volume d'affaires. Un échange : mon entreprise contre l'exclusivité de la logistique de Upali pour la France. C'est ce jour-là que j'ai entendu ce nom pour la première fois. Au fil des mois, j'avais constaté que l'activité qui nous était confiée avait rapporté plus de 50 % du chiffre d'affaires, pour moins de 5 % des courses. Alors, j'ai dit oui.

— Et quel rapport avec le changement de comportement de Marcel ?

— J'ai tout d'abord pensé qu'il culpabilisait, enfin ! Mais un des arpètes a un jour demandé à me voir. Marcel avait dû le sermonner et le jeune voulait se venger. Ce gamin, qui fréquentait le milieu des petits trafiquants, m'a apporté la preuve que Marcel se shootait à l'héroïne. J'ai vu là un moyen de pouvoir le faire chanter, moi aussi, ou tout du moins, de m'assurer que, jamais, il ne révélerait le secret du départ de sa mère à mon fils Marc. Et j'ai été puni au centuple pour cette misérable erreur. Le soir du décès de Marc, lorsque Marcel a percuté sa moto avec son camion, il était shooté à mort. Alors à partir de cet instant, je n'ai plus pensé qu'à une chose. Faire payer cet homme que mes parents avaient accueilli comme un fils, et qui était responsable de la disparition de ma femme et de la mort de mon fils.

Julia, que nous avions oubliée, somnolente sur des coussins à l'avant du petit bateau, intervient d'une voix encore peu assurée :

— Mais pourquoi parles-tu de la mort de Michèle ?

— Parce que des années après, je n'ai toujours pas eu de preuve de vie.

— Tu t'attendais à quoi, à ce qu'elle revienne la tête basse ?

— Et pourquoi pas, même la tête haute si c'était son désir. Je n'imagine pas qu'une mère puisse rester sans nouvelles de son enfant.

— Et qui te dit qu'elle est restée sans nouvelles de Marc ?

— Mais qu'est-ce qui te prend Julia ? Et qui es-tu pour dire des choses pareilles ? Autant que je sache, tu n'appréciais pas tellement Michèle ; pour la simple raison qu'elle était trop proche de ton père, j'imagine.

Julia se renfrogne, le menton dans le col de sa combinaison de survie.

Impatient que Pascal reprenne son récit, je le relance :

— Et donc tu as décidé de l'assassiner et de maquiller son meurtre en bavure de cambriolage. Mais pourquoi avoir simulé ton enlèvement ?

— Non, Petunias, pas exactement.

— Petunias, il t'appelle Petunias ! se moque Julia.

— Oh, ça suffit vous deux !

Ma réaction a au moins le mérite de les faire sourire.

— En fait, j'ai reçu un message le lendemain de la mort de Marc, m'informant que la police était sur le point de faire tomber l'organisation de Upali en France, et que mon nom était sur la liste des suspects. J'avais donc besoin de disparaître. De toute façon, je n'aurais pas eu le courage de continuer après la mort de Marc, continuer pour qui ? Pour quoi ?

Mais Pascal devait également détruire les traces de l'activité de transport avec Upali, tous les contrats étaient scrupuleusement tracés et déclarés, justement pour éviter qu'un contrôle fiscal ne débouche sur une découverte du trafic. Or tous ces dossiers étaient dans son coffre, et le contenu dûment référencé par Isabelle. Donc si Pascal disparaissait, le lien avec la disparition concomitante des dossiers Upali serait rapidement fait pas les enquêteurs. Le seul moyen était donc de simuler un hold-up avec vol et destruction de documents, en même temps que sa propre disparition. D'où l'idée du kidnapping de Pascal.

— J'avais demandé à Laura d'utiliser son réseau pour avoir des informations sur l'enquête.

Le lendemain, l'analyse de sang de Marcel suite à l'accident… « au meurtre », comme dit Pascal, révéla la présence d'héroïne, cause de la perte de contrôle du camion. Alors une solution à tous ses problèmes se forgea dans son esprit d'homme avide de vengeance, quoi qu'il en coûte. Sur sa demande, Laura réussit à subtiliser cette analyse avant qu'elle soit transmise au juge d'instruction, pour éviter que Marcel soit mis en garde à vue.

L'équipe de Arnijah, celle-là même qui se faisait passer pour une équipe du contre-espionnage en débarquant chez moi, n'avait plus qu'à mettre le piège en musique. Il suffisait d'envoyer un SMS à Marcel à cinq heures du matin en se faisant passer pour Pascal, pour l'attirer dans son bureau, de le suivre à l'entrée du garage pour pénétrer de force et le neutraliser, puis de fracturer le coffre pour récupérer un paquet de dossiers dont ceux de Upali.

Julia se redresse péniblement et se précipite sur Pascal en le frappant au visage.

— Le neutraliser, c'est comme ça que tu appelles un meurtre ! Salaud, tu as tué mon père.

Pascal ne cherche même pas à éviter les coups portés par une Julia affaiblie, qui s'effondre bientôt en larmes.

— Je le savais, il aurait dû m'écouter, murmure-t-elle.

Je serre Julia dans mes bras, plus pour la réconforter que pour protéger Pascal de son légitime courroux, et je reprends :

— Le matin ? Mais j'aurais pu tomber sur eux puisque je suis arrivé dans ton bureau vers sept heures.

— En effet, d'ailleurs eux t'ont vu et suivi. Laura savait donc avant que tu appelles la police que tu étais sur les lieux, et elle a demandé à être chargée de l'enquête, prétextant un lien avec une affaire d'espionnage. Et on ne refuse rien à la sécurité intérieure.

Soudain, un bruit de moteur qui enfle au loin.

Pascal lâche sa rame et se redresse, apeuré.

— Un moteur de hors-bord, ils nous ont retrouvés.

Il cherche du regard quelque chose et saisit précipitamment le pistolet à fusées.

— Cherche dans la boîte étanche un logo avec une bouteille et des couverts, me dit-il.

Julia me passe la boîte mystérieuse qui n'est en fait que la boîte des rations de survie.

— Éteignez la lampe, vite ! Allumez juste vos frontales sur vos capuches de combinaison. Regarde dans la boîte, il doit y avoir une bouteille d'alcool gélifié.

— Oui !

— Chauffez-la avec le briquet dit-il en me tendant son Zippo. Je reviens.

Pascal entrouvre la fermeture éclair de la bâche, juste suffisamment pour s'extirper du canot. Le bruit du moteur est maintenant beaucoup plus proche.

— Mais comment ont-ils fait pour nous retrouver par ce temps ? s'interroge Julia.

« Petunias, réfléchis ! », me disent Lutin Bleu et Lutin Rouge à l'unisson. Il doit y avoir une balise de détresse sur ce type de radeau de survie. Je cherche dans les poches sur les cloisons et trouve la balise, grande comme un ancien talkie-walkie de notre enfance, mais orange vif.

Une Led rouge clignote sur le dessus et un interrupteur est sur la position auto.

— Bien sûr, une balise qui se déclenche au choc, et la percussion de la coque sur la surface de l'eau a suffi à la déclencher. Le Gorki doit être équipé d'un récepteur Cospas-Sarsat[3] comme les organismes de secours. On est vraiment cons !

Je bascule l'interrupteur sur Off, même si je sais bien qu'il est trop tard.

— L'alcool se liquéfie, prévient Julia qui tient le Zippo sous la bouteille.

Le rayon d'un puissant projecteur de poursuite balaie le haut de la bâche puis revient rapidement sur nous, éclairant l'intérieur de notre abri temporaire. Julia se serre contre moi. Je n'en mène pas large non plus. Pascal repasse la tête par l'ouverture.

— C'est foutu, sortez par l'autre côté et préparez-vous à sauter à mon signal ! Julia donne-moi la bouteille d'alcool !

— Sauter dans l'eau glacée, à plusieurs kilomètres de la côte, tu es fou ! lui crie Julia.

— Écoute-moi ! Fais-moi confiance pour une fois Julia !

Pascal est étrangement calme, à l'opposé de notre état de quasi panique :

---

[3] Système d'alerte et de localisation par balises de secours

— Je vais faire diversion pendant que vous sauterez, fermez bien vos capuches, ces combinaisons sont prévues pour maintenir en vie des naufragés durant douze heures dans de l'eau à deux degrés, et là l'eau doit être à dix degrés alors... Lorsque vous verrez la fusée de détresse, sautez et éloignez-vous du bateau !

Je commence à comprendre avec effroi ce que manigance Pascal :

— Et toi ?

— Moi, mon ami, je vais expier mes fautes. S'il te plaît, je sais que tu n'aimes pas les cimetières, mais passe de temps en temps fleurir la tombe de Marc.

Je sais au fond de moi que c'est la seule solution :

— Je te le promets.

Chacun d'un côté de la chaloupe, nous sortons de la protection de la bâche. Julia et moi sommes à cheval sur le plat bord de tribord et nous attendons fébrilement avant de sauter à l'eau. Le projecteur des assaillants se fixe sur le bâbord de notre canot. Le bruit du moteur est maintenant très proche. Le hors-bord se rapproche au ralenti, du côté où Pascal est sorti. Je l'entends crier :

— Salut les gars, c'est chouette que vous nous ayez retrouvés aussi vite.

Une rafale d'arme automatique lui répond, Pascal hurle de douleur, mais soudain je vois une première fusée éclairante balayer le ciel au-dessus du semi-rigide des commandos du Gorki. L'arme se tait quelques fractions de seconde, le tireur est ébloui par la lumière vive. Je pousse Julia à l'eau et plonge derrière elle. Je me retourne vers l'embarcation des assaillants que je distingue à bâbord de notre canot, à cinq mètres à peine, se rapprochant de nous. Il me semble apercevoir un objet lancé de notre canot vers le semi-rigide, une nouvelle fusée s'illumine dans le sillage de l'objet, tandis qu'une longue rafale d'arme automatique éclate de nouveau. Une explosion déchire l'avant du navire assaillant, c'est la bouteille d'alcool que Pascal a fait exploser en tirant cette « fusée » dessus. Deux ombres prennent feu et se précipitent en hurlant dans l'eau. Je crois apercevoir la silhouette de Pascal tombant à l'eau entre les deux embarcations, mais impossible d'aller à son secours car instantanément les flammes atteignent une caisse de munitions qui explosent. Les flammes s'étendent rapidement à la totalité du bateau. Trois autres commandos sautent dans l'eau, mais trop tard, le réservoir du hors-bord explose. Les mercenaires de Upali coulent instantanément.

Nous tentons de nous éloigner avec Julia, mais autant nager avec un anorak de ski. Le hors-bord en flamme à la dérive aborde notre canot, qui prend également feu. Les hurlements de douleur des deux commandos couverts de gel d'alcool enflammé finissent également par s'étouffer. Le silence n'est troublé que par l'explosion des flotteurs des pneumatiques, qui se percent sous la chaleur intense de l'incendie.

Nous sommes seuls maintenant. Grâce à une boussole intégrée à la manche gauche de ma combinaison, je commence à nager plein sud en tirant Julia qui se laisse flotter en faisant la planche. Je crois distinguer le trait de côte caractéristique des falaises des Vaches Noires à deux ou trois kilomètres. Les dieux sont avec nous, car une houle assez forte de nord, conjuguée à une marée montante, nous ramène plus facilement que je ne le craignais vers la côte. Le crépuscule de l'aube nous accueille sur la plage de marée haute, réduite à sa largeur minimale. Les vagues se faufilent entre les « vaches », ces blocs de craie arrachés à la falaise, roulés jusqu'à l'estran et que le varech, qui en a fait son habitation, a rendu noirs. Ceci explique pourquoi les bateaux de pêcheurs passant au large pouvaient confondre ces formes sombres avec des vaches en train de brouter.

Nous restons allongés sur le dos entre « deux vaches », je souffle comme un bœuf... pour reprendre ma respiration. Je tiens toujours Julia par le bras, une peur inexplicable au ventre, que la mer me la reprenne. L'épuisement doit me faire un peu délirer.

Un bruit de moteur venant de Villers-sur-mer, à l'autre bout de la falaise. Je me redresse péniblement. Par bonheur, nous sommes invisibles pour le large grâce à ces gros rochers, merci les vaches ! Un hors-bord noir semblable à ceux du porte-conteneurs patrouille à vitesse réduite, parallèlement à la côte. Je distingue des éclats de lumière, certainement des reflets du soleil levant sur une paire de jumelles. Dès que le pirate noir a disparu derrière la pointe de Cabourg, j'entraîne ma compagne vers la falaise :

— Julia, nous devons nous mettre à l'abri, pour nous reposer et réfléchir, car nous ne sommes pas encore en sécurité.

Mais où trouver un refuge, et même auparavant échapper à cette marée qui continue de monter et dont les vagues s'écrasent maintenant sur le pied des falaises ? Grâce à Dieu, je connais la zone comme ma poche. Je rassure Julia, qui tremble, conséquence de notre bain forcé dans l'eau froide et des fortes doses de Penthotal qu'elle a reçues :

— Partons vers l'ouest, direction Houlgate. Dans deux ou trois cents mètres, la falaise sera suffisamment disloquée pour que nous puissions monter d'une dizaine de mètres, à l'abri de la marée.

La randonnée est laborieuse, nous glissons sur l'argile humide, mais après une demi-heure d'efforts, les premières villas de Houlgate apparaissent. Je sais que nous sommes sauvés, du moins de la marée... À deux reprises, le canot du Gorki refait un passage. À chaque fois, nous avons juste le temps de nous dissimuler derrière des replis de terrain. Puis le hors-bord met plein gaz et s'éloigne vers le large.

En arrivant à proximité de la ville balnéaire, la plage s'élargit et nous pouvons descendre des rochers pour marcher sur le sable. Je retrouve cette attachante petite cité, miraculeusement préservée par les combats du débarquement de juin 1944. Les alliés avaient eu la bonne idée de débarquer de l'autre côté de l'Orne, à 12 km. Seuls quelques parachutages, pour protéger le flanc de la zone des plages, avaient eu lieu entre l'Orne et Dives-sur-Mer. Mais la batterie de Tournebride, sur le plateau en haut de la pointe ouest de la falaise dominant Houlgate, avait tiré sur la flotte anglaise en protection du flanc est du débarquement. En représailles, cette position fortifiée avait été bombardée par les canons des croiseurs et cuirassés. Mais aucun dégât sérieux, et les dizaines de villas du bord de mer avaient été globalement préservés.

Même s'il n'est que 7 sept heures matin et que les rues sont désertes en cette fin de printemps, je décide par prudence de ne pas entrer directement dans le bourg, en prenant la première rue qui s'échappe de la plage, juste à l'angle du camping construit sur un ancien fortin du Mur de l'Atlantique. La rue des Cent Marches, raide comme la justice, fait soupirer Julia, qui a consommé ses faibles forces sur la falaise. Je la prends sous le bras pour monter cet escalier vertigineux, car mes Lutins me poussent à presser le pas pour trouver un abri. À gauche, la rue Baumier, prolongée par un deuxième escalier, conduit vers la table d'orientation construite sur la vigie de la batterie de canons de 155. Arrivés sur le point de vue qui domine la côte depuis Houlgate jusqu'au-delà de Ouistreham, nous nous arrêtons sur un banc pour reprendre notre souffle.

Julia fronce les sourcils :

— Je connais cet endroit, je l'ai vu dans un film !

— Absolument, ma chère, dans *Un singe en hiver*.

Le visage de Julia retrouve un peu de couleur et une esquisse de sourire. Je lui décris les lieux de tournage d'un de mes films préférés. Mais le minois radieux de mon Amour se fige en regardant tout en bas de la rue. Juste entre le Grand Hôtel et le Casino, à peine à 500 m de notre promontoire, trois Audi Q7 noires débouchent de la rue des Bains, la rue commerçante de Houlgate. La première tourne à gauche vers la plage, la deuxième à droite vers le Square Debussy, mais la troisième monte la Rue Baumier, dans notre direction. Je me lève précipitamment en embarquant Julia.

— Vite, je sais où nous réfugier !

Nous sommes visibles comme deux carottes nouvelles au milieu d'un plat de petits pois dans notre combinaison orange fluo. J'entraîne ma compagne vers une nouvelle série d'escaliers, direction le petit bois qui chapeaute la falaise. Après 200 m de course, nous débouchons dans un chemin creux. Je grimpe sans hésiter entre deux châtaigniers en tirant Julia par la main. En haut du talus, j'hésite quelques instants sur la direction à prendre, puis souris, et désigne un rocher partiellement couvert de verdure en face de nous. En s'en rapprochant, ma compagne découvre qu'il s'agit en réalité du mur de béton d'un ancien bunker. Une ouverture camouflée par la végétation se dévoile, à deux mètres sur la gauche. Je m'enfonce sans hésiter dans ce couloir sombre et boueux. Après dix mètres et deux virages en angle droit, une configuration prévue par les architectes comme anti-déflagration, l'obscurité est presque totale. Me remémorant la liste de ce que contiennent les multiples poches de nos combinaisons, je sors une mini lampe torche et nous continuons à nous enfoncer dans ce dédale de couloirs et de salles. Arrivé au plus profond de ce réseau, je pousse du pied des cadavres de bouteilles de bière et nous nous asseyons sur le béton. Julia se cale contre moi, sa tête toujours couverte de la capuche orange contre mon épaule :

— Où sommes-nous Walter ?

— Dans les bunkers de la garnison attachée à la batterie allemande. Peu de gens connaissent encore l'existence de ces grottes artificielles. Nous sommes en sécurité, ma chérie.

Mais en réalité je cherche à me convaincre moi-même. Julia n'est pas dupe :

— Pas sûr, ce sont des véhicules de la DGSI, regarde à quelle vitesse Upali a su les convaincre d'envoyer ses équipes ratisser les villes côtières, dit-elle, en pensant aux trois SUV noirs. Si je n'avais pas enfoncé ce scalpel dans le cou de cette salope, je penserais qu'elle est encore vivante et mène les opérations. Ou bien, c'est la preuve que d'autres hauts fonctionnaires de la sécurité intérieure émargent chez Upali.

Elle paraît satisfaite de cette nouvelle preuve :

— J'avais prévenu en haut lieu, que cette mafia était une vraie pieuvre.

Le danger redonne de la vigueur à ma petite chérie, je suis fier d'elle, mais je ne comprends toujours pas comment la frêle adolescente de dix-sept ans a pu se transformer en James Bond. Pas le moment de lui poser la question :

— Bon, ces combinaisons, même couvertes d'argile noirâtre, ont encore plein de ressources.

Et je sors des tubes d'un gel nutritif et hydratant. Nous mangeons, enfin nous aspirons goulûment, en nous regardant sans un mot. J'éclate d'un rire nerveux :

— Avec nos combinaisons, et nos doses de nourriture en tube adaptés à l'absence de gravité, on dirait des astronautes en détresse.

— Houston, *we have a problem*, réplique-t-elle avec un grand sourire qui désamorce mon début de stress. Bon grand chef, c'est quoi le plan maintenant ? Il faudrait que nous puissions rejoindre au plus vite mon Quartier Général du Havre, mais je ne nous vois pas faire du stop en combinaisons orange, avec toutes ces Audi noires qui traînent dans le coin.

Le Havre ? Oui, bien sûr. Quelle heure est-il ? Je sors mon smartphone, j'en profite pour le mettre en mode avion, ne pas se faire géolocaliser :

— Il est 9 neuf heures.

Je me mets à réfléchir quelques secondes, la tête penchée entre les mains. Je me redresse en souriant :

— La précédente marée haute était vers 6 heures. Il faut qu'on y soit à 6 plus 12 moins 3, soit ?

— Euh, je n'ai pas compris ce que tu cherchais, mais ça fait quinze heures.

Je regarde dans mon portefeuille :

— J'ai cent cinquante euros, ça suffira. Pas question d'utiliser ma carte VISA, ce qui pourrait nous faire repérer. Quinze minutes pour le shopping et pour téléphoner à Gros

Dudule, quinze minutes pour le casse-croûte, et trente pour arriver au port. Nous partirons donc à 14 h 00. En attendant, dormons, je t'expliquerai mon plan au réveil. Et je coupe ma lampe.

— Oh oui, dormir ! soupire ma dulcinée.

— Pour quelqu'un qui a passé vingt-quatre heures en coma artificiel, tu ne devrais plus avoir sommeil.

— Pauv' con !

Et nous nous assoupissons presque immédiatement, allongés sur le sol de béton armé, dans nos combinaisons d'astronautes.

Chapitre XV

Heureusement que j'avais programmé le réveil de mon smartphone sinon… Je secoue délicatement le bras de ma chérie endormie.

— Julia, déshabille-toi.

Elle bâille et s'étire comme si elle venait de dormir dans des draps de soie.

— Mon petit chéri, tu crois que c'est bien le moment ?

— Ce n'est pas pour ce que tu crois. Mets-toi en sous-vêtements, on ne va pas ressortir en pleine journée déguisés en Martiens orange et crasseux. Je vais te donner mon t-shirt pour couvrir ton soutien « rouge-gorge ».

Ses joues se teintent d'un rose qui m'émeut.

— Comment sais-tu qu'il est rouge ?

— Tu as oublié qu'il a fallu que je t'habille, et que laisse-t-on sous une chemise de nuit d'hôpital ?

— Ben, rien ?

— Exactement. Et d'ailleurs, c'est aussi chiant d'attacher un soutien-gorge que de le détacher, je te signale.

— Et pour ma petite culotte, tu n'as pas eu trop de difficultés ? Autrement, dis-le moi, que je te présente mes plus plates excuses pour ces désagréments, plaisante-t-elle, en s'extirpant de la combinaison rendue rigide par la boue argileuse séchée.

— Non, non, ceci dit, j'ai hésité à te la remettre, nous étions pressés et comme je sais que tu n'en portes pas souvent…

Je me prends la combinaison boueuse en pleine figure, bien fait pour moi ! Nous redescendons le talus puis le chemin creux et bientôt les escaliers. Le soleil est au zénith, nous clignons des yeux. C'est une belle journée de printemps. En contrebas, les rues sont animées et des enfants jouent sur la plage. C'est une caractéristique des plages normandes que de voir cohabiter aux intersaisons des plagistes en anorak, en t-shirt, voire en maillot de bain, certains allants même jusqu'à se baigner, selon que l'on soit jeune ou âgé, d'Europe du Nord ou du Sud.

— Tu ne crois pas qu'on va se faire arrêter pour exhibitionnisme, moi en t-shirt et culotte et toi carrément en boxer torse nu ?

— Mais non, n'oublie pas que nous sommes en bord de mer, aucune tenue n'étonne. Et puis, on va faire du shopping.

— Chouette ! Tu me paies une petite robe rose à fleurs, mon amour ?

Elle me prend par le bras, et nous nous dirigeons vers la rue des Bains comme un jeune couple en vacances.

— Ce sera plutôt jean/pull, de couleurs discrètes.

— S'pèce de rabat-joie !

Juste à l'entrée de la rue commerçante de Houlgate, une petite boutique de prêt-à-porter.

— Bonjour Madame, oui, je vois à votre regard que notre tenue vous étonne.

— Non, fait-elle de la tête, mais ses yeux ronds comme des billes de loto disent le contraire.

— Figurez-vous que nous étions à la plage, nos vêtements ont disparu.

— Ça alors, ce n'est pas commun à Houlgate, une station familiale, fréquentée par des habitués. Vous devriez aller déposer plainte !

— Oui, bien sûr, mais nous sommes pressés alors nous allons nous contenter de vous acheter de quoi nous vêtir plus correctement.

Mes 150€ ont à peine suffit, Julia voulant absolument le jean avec les fleurs brodées sur les cuisses plutôt que le jean basique.

— Il lui va tellement bien, confirme la vendeuse.

J'ai un plan pour éviter d'utiliser mon portable et de nous faire géolocaliser par les faux agents de la DGSI affiliés à Upali.

— Puis-je vous demander un service, envoyer un SMS, mon smartphone a également été volé ?

— Mais je vous en prie, et elle me tend son portable.

Julia comprend, et retient l'attention de la marchande de vêtements en discutant chiffons, pendant que j'envoie un SMS à mon vieux pote l'Adjudant-Chef Tristan Dularieux, dit Gros Dudule.

Dudule, c'est Pét'. Gros ennuis. T'expliquerai plus tard. M'autorises-tu à une promenade avec Véronique. Dépose asap la clé de son cœur où tu m'avais chopé.

Julia jette un œil sur mon SMS, tout en discutant avec sa nouvelle copine.

Le téléphone sonne presque instantanément.

Tu es sûr que tu ne veux pas d'aide ?

Non merci, dans quelques heures je te recontacte, promis.

OK, dans 10 minutes tout sera en place.

Merci, mon ami.

Direction le café-restaurant de l'angle, où l'on croise à 14 quatorze heures des lève-tard au brunch, des familles au déjeuner et quelques habitués au bar.

Nous avalons goulûment et prestement sandwichs et bières, guettant si une Audi en robe noire ou des hommes, habillés de la même couleur, ne patrouillent pas dans notre environnement. Julia délaisse quelques instants une coupe de fruits et croise les bras sur la table de formica. Elle est repue :

— Bon, tu m'expliques ?

— Plus tard, en direction de Dives/Mer, nous serons au calme, mange !

— Oui, papa.

Plus tard, sur la digue coincée entre le muret de la voie de chemin de fer Trouville-Cabourg et l'embouchure de la Dives, une dizaine de mètres en contrebas, je lui demande :

— Alors, que veux-tu savoir ?

— Tout, dit-elle, légèrement agacée. Qui c'est ce gros Dudule ? C'est quoi ce SMS crypté, et comment allons-nous sortir de cette merde et atteindre Le Havre ?

Alors je lui raconte que gros Dudule, c'est mon ami, un gendarme à la retraite. On s'est connu lorsque j'avais quatorze ans et qu'on s'amusait avec des copains à tirer à la carabine 22 long rifle sur des canettes de bière. Nous n'avions pas trouvé mieux que d'installer notre champ de tir sous le pont de la voie de chemin de fer, après le port de pêche de Dives, dans une friche industrielle de l'ancienne usine métallurgique Tréfimétaux. Les voisins avaient appelé les gendarmes car ils entendaient des tirs. Lorsque l'adjudant-chef Dularieux était arrivé dans son bel uniforme, c'était mon tour de tirer et je m'appliquais à viser, concentré comme jamais. Mes trois copains, saufs qui peuvent, s'étaient débinés sans demander leur reste à la vue du képi galonné, me laissant seul, bien évidemment. Tristan a souri derrière sa grosse moustache, a attendu que j'ajuste mon tir avant de me retirer la carabine des mains.

— Le bond de frayeur que j'ai fait, imagine.

— Alors jeune homme, on a un port d'arme ? Tu sais que ce n'est pas un endroit pour tirer ici, tu pourrais blesser des passants.

Moi qui ne savais même pas ce que c'était un port d'arme, je me voyais déjà en prison.

En fait, Tristan m'a dit textuellement :

— Tu te débrouilles pas mal, tu sais ? Même si tu tiens ta carabine comme un manche. Si tu veux, je t'emmènerai à mon club de tir.

— Et ?

— Et nous sommes devenus les meilleurs amis du monde, malgré la différence d'âge. Et tous les ans aux vacances, je passais quelques heures avec lui dans le club de tir de la gendarmerie du Calvados. Aujourd'hui, il est à la retraite et vit dans un appartement du port de plaisance de Dives, qui a été construit sur l'ancienne friche industrielle. Regarde les immeubles au loin.

— D'accord, mais le SMS crypté ?

— Ah ! Ah ! Véronique, c'est son bateau pêche-promenade. Il a déposé la clé du moteur sous le pont de la voie de chemin de fer, là où nous nous étions rencontrés. CQFD.

Nous arrivons au bout de la digue. Le chemin de fer à voie unique continue sa course derrière les baraques des pêcheurs, la digue s'enfle par la droite en une esplanade, transformée en parking pour les clients de la halle aux poissons, alors que les petits bateaux de pêche sont alignés le long du quai. Derrière ce môle soumis à la marée de l'estuaire de la Dives, on devine la porte du port de tourisme, et les immeubles de standing qui forment un fer à cheval autour du bassin maintenu en eau. Des promeneurs profitent de sa fermeture à marée basse pour faire une boucle autour du bassin, en empruntant la passerelle piétonne, au-dessus de la porte monumentale actionnée par d'énormes vérins hydrauliques. Je montre à Julia un bâtiment de forme hexagonale sur trois niveaux, surmonté d'une vigie dominant l'entrée du port.

— Allons déjà vérifier à la capitainerie les horaires d'ouverture :

Un panneau d'informations à l'entrée du bâtiment m'apporte la réponse :

— 15 h 05, et il est 15 h 02, c'est parfait comme timing.

Nous montons à la vigie et je regarde si, parmi les innocents promeneurs, ne se cachent pas des tueurs de Upali déguisés en policiers d'élite de la DGSI. J'emprunte ses jumelles à un paisible retraité.

— J'imagine que tu cherches des chaussures à clous, plaisante Julia.

— Plutôt des mecs baraqués, en costume sombre de préférence, ayant le réflexe de mettre leur main à l'oreille. Je ne pense pas qu'ils aient pris le temps de s'acheter des fringues d'estivants.

— Pas mal, Sherlock, me fait-elle, le réflexe du porteur d'oreillettes…

— Merde, regarde les deux mecs de l'autre côté du port, sur le banc, dis-je en tendant les jumelles à ma compagne.

Sur le parking, deux Q7 noirs. Julia marmonne :

— Des têtes rasées, profil caucasien, ce ne sont pas des agents de la DGSI, mais bien des mercenaires de Upali. On est fichus :

— Non, peut-être pas, tu vois le gros bonhomme, assis sur son siège pliant en train de pêcher dans l'eau du port, près du quai marqué T4. C'est gros Dudule. Et son bateau, c'est le 6,50 m blanc, sur le ponton en contrebas. Toujours les bons réflexes, mon pote gendarme. Il a dû aussi repérer les Barbouzes, et a décidé de rester sur zone, en couverture.

Le vieux pont du chemin de fer est à gauche, je m'y dirige d'un pas rapide, mais sans courir. La clé est bien sous la vieille ancre comme je l'imaginais. Mais maintenant, comment accéder au bateau et sortir du port sans se faire repérer ? Les deux barbouzes doivent avoir nos portraits imprimés dans leur cervelle de tueurs. Et quatre de leurs petits camarades attendent dans les deux SUV garés à trente mètres de nous. Je ne perds pas mon ami Tristan des yeux. A-t-il un plan pour nous aider ? Comment déjouer ces tueurs professionnels sans provoquer une fusillade ?

Soudain, le faux pêcheur enlève son bob, fait semblant de s'éponger le front, alors qu'il doit faire un petit dix-neuf degrés au soleil et, ostensiblement, fait un mouvement d'arrière en avant avec son bob, sachant que, moi seul peux comprendre qu'il ne veut pas ainsi le sécher, mais plutôt nous faire signe de nous avancer vers le quai flottant.

Je regarde Julia et, sans se dire un mot, en se serrant la main comme deux amoureux, nous nous avançons lentement vers le ponton T4. Cinquante mètres à parcourir sur ce quai ensoleillé, les rares promeneurs ne nous offriront pas d'écran de protection à la vue des tueurs. Je regarde alternativement mon pote et les deux barbouzes, de l'autre côté du port. Ils sont trop loin pour nous tirer dessus efficacement, mais si nous arrivons vivants jusqu'à Véronique, dès que nous aurons dégagé le petit pêche-promenade du ponton flottant, nous devrons emprunter le chenal au milieu du bassin, et nous serons alors beaucoup plus à portée de tir. Je n'ose pas me retourner vers les SUV noirs pour regarder si nous avons été repérés, mais Tristan, lui, se retourne régulièrement comme s'il attendait une visite. Il continue de faire signe avec son bob. Nous arrivons à sa hauteur, il me regarde et me sourit discrètement, je lui montre la clé au creux de ma main, un signe de tête de sa part suffit. Je remarque qu'il a même pensé à débâcher Véronique. Je commence à souffler, mais soudain Julia presse ma main. De l'autre côté du bassin, un des hommes en noir nous désigne du doigt en se levant, et son acolyte alerte ses collègues dans son micro HF. Tristan se retourne une nouvelle fois vers le parking et les Audi noires.

— Vite, me chuchote-t-il, je m'occupe d'eux !

Eux, ce sont les quatre hommes qui sortent précipitamment des SUV, la main tenant d'encombrants objets sous leur veste, sûrement pas des stylos. Nous dévalons la rampe jusqu'au quai flottant, je saute sur le bateau pendant que Julia décroche l'amarre.

Les deux hommes sur le quai en face ont sorti leurs armes sans hésitation, alors que des familles affolées s'éloignent en criant au secours. Ils commencent à nous tirer dessus, mais nous atteindre avec des pistolets, à cent cinquante mètres de distance, relèverait du pur hasard. Les quatre hommes de notre côté du quai m'inquiètent beaucoup plus avec leurs armes de guerres qui dépassent des vestes. Tandis que je manœuvre pour quitter le ponton, ils arrivent à la hauteur de Gros Dudule qui bascule sa cane en travers de leur course. Les deux premiers trébuchent en insultant mon ami dans une langue étrangère, et manquent de faire tomber leurs fusils-mitrailleurs.

L'ex-gendarme joue son rôle à fond et se place en travers de l'accès à la rampe du ponton comme pour s'excuser, les barbouzes veulent le pousser sur le côté, mais il est solide mon pote, deuxième ligne à l'A.S Rugby gendarmerie de Basse-Normandie.

Je pousse les gaz à fond, tant pis pour la limite à trois nœuds dans le port ! Je dirige le tranquille pêche-promenade vers la porte du bassin, maintenant ouverte. J'ai juste le temps de voir Tristan se prendre un coup de crosse mais réussir à plaquer le premier des quatre gaillards qui s'étale sur la rampe, bloquant l'accès aux autres. Une de ces ordures lui tire une rafale dans le ventre et le pousse à l'eau. Pendant ce temps, les deux tireurs courent le long de l'autre quai vers la porte. S'ils l'atteignent avant nous, ils pourront nous mitrailler à faible distance. Nos chances sont très minces, ce n'est pas le rouf en composite de Véronique qui nous protégera des balles de 9 mm. Les quatre autres tueurs ont fait demi-tour après avoir flingué mon pauvre Tristan.

Deux d'entre eux se précipitent vers les Audi tandis que les deux autres courent vers la porte, côté capitainerie.

— Nous allons être pris en sandwich, me crie Julia.

Je n'ai pas envie de faire la viande, pensé-je.

Le petit moteur de 50 CV donne tout ce qu'il peut mais les tueurs gagnent sur nous, en sprintant, ils n'hésitent pas à pousser violemment les touristes affolés qui les gênent au bord du quai du bassin.

Au moment de passer la porte, des rafales d'armes automatiques déchiquettent le toit du petit navire. Je pousse Julia pour qu'elle se blottisse dans le carré mais elle refuse, courageuse la gamine ! De toute façon, leurs armes de guerre peuvent atteindre n'importe quelle zone du bateau. Les rafales éclatent le composite avec un bruit de machine à tronçonner. Je prends quelques kilos de débris sur la tête, mais pas de balle.

Nous entrons maintenant dans le chenal d'accès de l'embouchure de la Dives, le long du port de pêche. Véronique donne tout ce qu'elle peut, peut-être vingt nœuds. Nous avons enfin distancé nos poursuivants à pied. Alors que je crois être hors de danger, les deux Audi noires surgissent, à fond de deuxième vitesse, sur le parking de la halle, zigzagant entre les véhicules en stationnement, percutant plusieurs malheureux passants. Les clients de la halle aux poissons hurlent de terreur et se plaquent au sol pour éviter les balles. Les tueurs tirent depuis les vitres baissées mais les balles passent au-dessus du bateau. Encore cent mètres et nous serons le long de la digue du chemin de fer, puis la Dives virera vers le large et nous seront sauvés, à moins qu'une de leurs embarcations nous attende au large.

Le SUV de tête se rapproche, il est au moins à 80 km/h sur le petit quai des pêcheurs et les tirs se font plus menaçants. Une rafale plus précise décapite notre rouf à hauteur de la barre, je pilote accroupi. À vingt mètres de la digue, il va devoir freiner, mais non ! Le pilote continue, relâchant à peine l'accélérateur, jugeant que son véhicule peut s'engager sur la digue promenade. S'il réussit, il pourra nous doubler et se positionner en face de nous, à l'endroit où le chenal du port longe la digue, et alors autant dire que nous serons foutus, les snipers pourront tranquillement ajuster leurs tirs sur nous. Le lourd et large véhicule arrive à notre hauteur en s'engageant sur l'étroite chaussée réservée aux piétons, frottant son flanc droit contre le muret du chemin de fer, avec des gerbes d'étincelles. Mais soudain la roue avant gauche glisse sur le mur de remblai pentu, la roue arrière également, et l'Audi glisse, puis se retourne en dévalant les dix mètres de granit de la digue. Deux tonnes et demie de métal plongent dans le chenal juste devant la proue de notre embarcation. Une énorme vague repousse notre petit bateau. Ballotée comme un bouchon, Véronique se retrouve face au port.

En face de nous, le deuxième SUV a stoppé avant de s'engager sur la digue. Deux snipers en descendent et nous visent de leur fusil-mitrailleur. Deux traceurs laser sont sur nos deux poitrines. À trente mètres, aucune chance qu'ils nous ratent. Je serre la main de Julia, la regarde une dernière fois.

— Les mains en l'air, crie l'un des hommes !

Nous levons doucement les mains, je ne lâche pas celle de Julia. Pourquoi nous épargneraient-ils ?

Nous ne le saurons jamais, car à cet instant, surviennent dans la même seconde un sifflement venant du large suivi de l'aveuglante lumière d'une explosion. Le souffle nous renverse sur le pont de notre frêle esquif, des débris volent, mais le carré du bateau nous protège. Juste un peu sonné, je regarde si Julia va bien. Un nuage de fumée se dissipe sur le quai et, à la place de l'Audi et de ses occupants, nous découvrons une excavation de dix mètres de large.

— Obus de 100 mm, une frégate classe Lafayette certainement, me dit très calmement Julia.

— Qu'est-ce que Lafayette vient faire dans cette explosion ? bredouillé-je.

En essuyant la poussière de l'explosion de son visage avec mon t-shirt, ma chérie poursuit :

— Une frégate de la Royale.

— Tu t'y connais, toi, en bâtiments de la marine nationale ?

— Ah, oui... J'ai oublié de te dire que je suis officier d'active, Lieutenant de Vaisseau. Allez, filons vers le large des fois que d'autres malfaisants rappliquent.

Je ne me le fais pas répéter, direction le large, et effectivement une longue forme grise croise à plusieurs milles de la côte, au large de Houlgate. Ce bâtiment de guerre est très étonnant, pas de hublot, pas de pont à l'avant, que des formes anguleuses.

Voyant ma surprise, Julia qui ne perd pas des yeux ce bâtiment ami, me dit.

— Frégate furtive, nec plus ultra de la technologie.

Véronique prend un peu l'eau et avance en crabe car une rafale a frappé sous la ligne de flottaison et l'eau s'accumule à tribord. Avec le rouf découpé suivant les pointillés, notre vaisseau à une drôle d'allure, mais il nous a bien aidés. Je pense à mon ami Tristan Dularieux et j'ai peur qu'il soit mort. La Guépratte, c'est le nom du navire de guerre qui nous a sauvé la vie, a mis en panne, s'approchant aussi près que lui permettait son tirant d'eau. Un zodiac s'approche bientôt de nous. À l'avant un sous-officier salue Julia :

— Madame, ravi de vous revoir saine et sauve.

Julia lui rend son salut :

— Pas fâchée de vous voir, Messieurs. Je dois très rapidement faire un rapport au Pacha et retourner au QG.

— Le Pacha est à bord, il piaffe d'impatience de vous entendre. Montez avec nous et abandonnez cette épave.

— Quoi ? Il n'en est pas question, m'exclamé-je les larmes aux yeux. Cette épave, comme vous dites, nous a sauvé la vie, aussi bien que votre intervention. C'était le bateau de mon ami. Un homme qui doit être au fond du port de Dives à l'heure qu'il est.

— Bien Monsieur. Pas de problème, Monsieur. Nous allons le ramener au chantier naval de Cabourg, dit-il d'une moue dubitative. Je ne sais pas ce qu'ils pourront faire. Quant à votre ami, notre drone a vu un témoin plonger et le ramener à la surface, il est en route pour l'hôpital pour le moment. Je n'en sais pas plus, désolé.

En se rapprochant de l'escorteur la Guépratte, ses formes futuristes sont encore plus impressionnantes. Le bâtiment semblait relativement petit et bas sur l'eau, en réalité il fait cent vingt-cinq mètres. Aucune passerelle ni aucun mât couvert d'antennes radar tournoyantes. Seules exceptions à cette masse de surfaces planes grises et mates, un canon à l'avant, piloté par radar, me précise-t-on.

— Merci, le canon !

Et une plateforme hélicoptère à l'arrière, avec un Lynx, turbines hurlantes.

— Et cette falaise de métal est furtive ?

— Oui, Monsieur, surface radar équivalente à votre raf… Votre pêche-promenade. Enfin… lorsqu'il possédait encore son toit, me répond le marin avec une pointe d'ironie.

Le Pacha en question est un grand homme, à la barbe rase, poivre et sel. Il nous attend en haut de l'échelle de coupée. Même si le salut est réglementaire, je sens de l'émotion entre l'Amiral Aubergenville et ma Julia. Comme si la légitime inquiétude du Pacha allait au-delà de la relation hiérarchique. Mon Lutin Rouge me suggère une réponse déprimante, seraient ils amants ?

— Amiral, je vous présente Walter Majorès, l'homme que nous avons évacué... Et qui est mon ami.

On se sourit avec le grand barbu, alors, concurrents ou pas ?

— Julia,

Tiens, tiens, il l'appelle par son prénom.

— J'ai l'ordre de vous conduire immédiatement au QG. La situation a évolué depuis votre capture par Upali. Le Gorki a parcouru 900 milles depuis que vous vous êtes échappés, il y a maintenant trente-six heures. Il est dans le Golfe de Gascogne. Pour le moment, il croise à 25 nœuds, mais dès qu'il ralentira à proximité d'un autre navire, on pourra penser que l'échange va avoir lieu. L'hélicoptère vous attend.

Voyant mon air boudeur, il se méprend sur la raison :

— En tant qu'ami de Julia, je vous inviterai une prochaine fois à visiter ce navire Walter, précise-t-il, en voyant mon air contrit.

La Guépratte a déjà repris la route du large, direction plein nord.

***

Très impressionnant, un décollage vertical depuis un navire en vitesse de croisière. Un hélicoptère militaire n'a pas l'isolation phonique du H160 VIP qui m'a emmené d'Issy-les-Moulineaux à la côte normande. Je crie à ma compagne pour couvrir le bruit des turbines :

— Décidément, c'est ma semaine de promenade en hélico.

Julia me fait signe qu'elle ne comprend pas et connecte nos casques micro.

— Répète ?

— Je pourrai faire un tour d'avion pour changer de l'hélico ?

— Je crois que tu ne vas pas être déçu.

Encore une fois, j'aurais mieux fait de me taire.

Cinq minutes de vol à peine, et nous survolons l'immense port du Havre. Le Lynx oblique sur la gauche, remonte à vitesse réduite l'anse de Joinville et l'anse des Régates, les deux ports de tourisme, et pointe son nez vers l'esplanade, entre le club nautique et le skatepark.

Nous sommes arrivés. Une berline banalisée nous attend avec ses warnings au bord du boulevard Clemenceau. À peine assis, elle démarre prestement, et s'engage à droite dans le boulevard François 1er. L'architecture calibrée de cette ville entièrement reconstruite après-guerre, dégage une harmonie apaisante. Le Havre semble en pleine effervescence, de grandes tentes sont en cours de montage un peu partout, des banderoles colorées relient les lampadaires, des voitures des services municipaux parcourent la ville en tous sens.

Le chauffeur de la 508 banalisée est un homme jeune, vêtu d'un costume sombre et d'une chemise blanche au col ouvert ; il serait anonyme dans une foule de jeunes cadres sur le parvis de la Défense :

— Préparation des festivités pour les cinq cents ans de la fondation du Havre par François 1er, nous dit notre chauffeur.

Trois minutes plus tard, nous descendons sur le parvis d'un étrange monument.

— L'église Saint-Joseph !

— Étonnant comme architecture, fais-je à l'attention de ma chérie, qui a la joue collée à la vitre.

Imaginez un édifice tout en lignes verticales, de couleur crème, en béton comme toutes les reconstructions post-bombardements de 1944, surmonté d'une tour de cent sept mètres.

— Tu vas voir, le plus impressionnant est à l'intérieur.

Le jeune chauffeur nous accompagne. Nous passons sous un échafaudage encadrant l'ensemble des portes monumentales de l'église. Il nous ouvre la seule porte accessible de l'édifice, les autres étant en cours de travaux. À l'intérieur, Julia observe ma réaction.

— Ouah, impressionnant, quel volume ! Et sans aucune trace de piliers pour la soutenir.

Imaginez un espace sans colonnade intérieure pour barrer la vue, avec au centre cette tour évidée que la lumière envahit par une impressionnante batterie de vitraux grimpant à l'assaut du clocher monumental.

— Une prouesse architecturale, convenez-en, s'exclame le jeune homme. Cinquante mille tonnes de béton et un volume intérieur de cinquante mille mètres cubes reposant sur soixante et onze piliers et des fondations de quinze mètres de profondeur.

Non, lui, ce n'est pas un espion, plutôt un architecte des bâtiments de France, peut-être ? me suggèrent mes lutins. Nous faisons le tour du cœur, comme un couple de touristes accompagné de leur guide personnel. Je m'assois et regarde vers le haut, cent mètres de lumière. Un organiste joue un morceau que je connais bien, *Pump and Circumstances* de Sir Edgar Elgar. Notre architecte DPLG me tire de ma rêverie.

— On nous attend...

Nous reprenons le chemin direction la sortie, puis vers la gauche, jusqu'à une porte de chêne massive et discrète, marquée Presbytère B. Ce qui me surprend dans une église, soit dit en passant, c'est que notre jeune guide l'ouvre, non pas avec une bonne vieille clé en fer, mais en approchant sa montre de la poignée. Une série de clics étouffés, comme un coffre que l'on déverrouille. La porte motorisée s'efface devant nous, le chauffeur aussi, et elle se referme aussi prestement derrière notre accompagnateur. Nous sommes dans une petite pièce borgne dotée de trois caméras, une panoramique, une orientée vers la porte que nous venons de franchir et une tournée vers un ascenseur. De ce côté-ci, la porte est notoirement différente. Pas de boiserie pour camoufler le blindage digne d'un coffre d'agence bancaire. Devant l'ascenseur, notre guide doit approcher de nouveau sa montre d'un capteur, mais également présenter ses deux pouces et ses deux index.

La cabine arrive sans un bruit, d'une taille suffisante pour trois, mais sans plus. Un ascenseur parfait pour Alzheimer puisqu'il n'y a qu'un bouton d'étage, sans autre indication. Julia semble très à son aise, retour au bureau en quelque sorte :

— Ancien bunker construit comme abri antiatomique, en même temps que l'église, en pleine guerre froide. Ne le cherche pas sur les plans de l'architecte Auguste Perret.

— Et ça ne fait pas partie de la visite libre de l'église non plus, j'imagine ?

— Tu imagines bien, amour, me sourit-elle. J'adore quand elle me sourit avec ce regard brillant, je ferais n'importe quoi pour elle dans ces moments-là. D'ailleurs, n'est-ce pas ce que je suis en train de faire ?

La descente me semble longue, l'équivalent de cinq étages peut-être. En bas, ce n'est pas le repaire secret du méchant de James Bond, mais un hall, avec deux gardes armées interdisant l'accès à un couloir d'une quarantaine de mètres desservant des pièces vitrées de chaque côté.

— Voilà notre QG, Walter, m'annonce Julia.

— D'accord, mais le QG de quel service ? Dépendant de qui ? Pour quelles activités ?

— Oui, il faudra que je t'explique, enfin ! Ce qui n'est pas secret-défense. Mais d'abord, allons voir le Patron.

— Le Patron, mais ce n'est pas l'Amiral ?

— Mais non, Aubergenville est mon patron hiérarchique. Mon patron fonctionnel, c'est lui, et elle me montre une carte de visite sommairement scotchée sur une porte vitrée. Colonel Neuilly.

Un homme en bras de chemise nous fait signe d'entrer. Autour d'une immense table ovale se trouvent une dizaine de personnes. Deux fauteuils de cuir noir seulement sont encore libres. De chaque côté de la pièce, accrochés aux murs, deux fois cinq écrans géants affichent en double les mêmes informations. Pas de torticolis pour suivre le match ! Hormis une bande périphérique de cinquante centimètres, de couleur chêne clair du plus bel effet, tout le centre de la grande table est vitré.

— Alors Julia, nous sommes impatients d'entendre votre rapport. Je vous en prie, asseyez-vous Monsieur Majorès, et soyez le bienvenu. Je suis le Colonel Neuilly, oui, c'est un nom d'emprunt. Quant aux autres personnes autour de cette table, nous dérogerons aux règles de la bienséance car vous n'avez pas besoin de connaître leur identité. Et comme vous êtes un homme intelligent, je n'ai pas besoin de vous préciser que tout ce que vous entendrez ici ne doit en aucun cas être divulgué, à qui que ce soit.

— Bien entendu.

Un homme appuie sur une télécommande, et le mur vitré du couloir s'opacifie, isolant visuellement notre salle de briefing.

Julia commence à faire son rapport. Elle est parfaitement à l'aise, ce n'est pas la première fois qu'elle pratique cet exercice. Elle décrit d'abord succinctement tout ce qui nous est arrivé depuis l'éperonnage de la vedette ACM par le Gorki, jusqu'à la destruction des Audi de Upali sur le port de Dives.

Des micros sont disposés autour de la table et une secrétaire électronique retranscrit tout ce qui est dit, sous forme d'un texte s'affichant sur un des cinq écrans. De nombreuses questions sont ensuite posées à Julia, de plus en plus précises, par plusieurs participants. Puis c'est mon tour d'être questionné, en particulier sur mon interrogatoire avec la Commissaire principale de Police, l'agent double Laura/Arnijah et ses sbires. Les agents autour de la table sont également très intéressés par le matériel ultra-sophistiqué qui, chez moi, a permis aux techniciens de Upali de remonter dans le temps.

Trente minutes plus tard, les questions s'arrêtent. Une imprimante ultrarapide édite nos déclarations et on me demande de signer la mienne, sans avoir le temps de la relire. De toute façon, pour finir dans un coffre, sous l'appellation top secret…

Puis on nous accorde une pause pipi. Même les toilettes sont équipées de caméras. Je me demande si les gardes chargés de la sûreté se font des petites séances de cinéma X à visionner les enregistrements des toilettes des filles, car l'équipe est particulièrement féminisée, moi qui imaginais les services secrets comme un monde exclusivement masculin. La réunion reprend après que l'on nous a amené des sandwichs et des bières. Malgré la high technologie, les traditions ne changent pas depuis le Commissaire Maigret.

Le colonel Neuilly redémarre la séance en prenant la parole :

— Donc, nous voilà pressés par le temps. Une partie de nos trésors culturels européens se trouve à bord d'un cargo de nationalité géorgienne, en route pour on ne sait où.

— La déclaration de transport transmise à la capitainerie et l'ETD (Estimated Departure Date) annonçaient un départ pour Anaklia précise une jeune femme brune à lunettes teintées bleues, penchée sur son laptop.

— Port du sud de la Géorgie, je ne peux m'empêcher de murmurer...

Le colonel Neuilly se tourne vers moi, les sourcils interrogateurs.

— C'est ce que m'a dit Laura, enfin Arnijah Sashvilli.

Il se tourne vers Julia. Sa haute stature, et son maintien raide lui donnent une élégance et une autorité naturelle :

— Vous avez bien fait d'emmener Monsieur Majorès avec vous Julia, ses informations vont nous être très précieuses, dit-il en se tournant vers elle.

Encouragé, je continue :

— Et ensuite, elle a parlé d'un transport routier vers le Kazakhstan.

Le colonel se tourne vers un officier muni d'un clavier d'ordinateur un peu particulier. Je remarque deux souris rollers de chaque côté du clavier. Il suffit à Neuilly d'un signe de tête pour que l'homme fasse s'illuminer la table de verre et qu'apparaissent une carte géante, de l'Atlantique Ouest à l'Asie centrale. Alors qu'un compteur temporel s'affiche sur avant-hier à 6 h 00, une trajectoire maritime se dessine, démarrant depuis Le Havre, hésitant quelques instants (quelques heures sur le compteur) au large de la côte fleurie.

— Votre enlèvement, précise le manipulateur du double roller pad.

Le colonel passe pudiquement sur l'opération de poursuite ratée par la vedette ACM. La trajectoire reprend vers le Cotentin, doublant ensuite le Golfe de Gascogne, direction le sud-ouest, puis s'arrête en clignotant au large des Açores.

— La position actuelle du porte-conteneurs de Upali, le Gorki ? demande Julia.

— Oui, Madame, suivi satellite en temps réel.

— Je reprends, dit le colonel, en se frottant nerveusement les ailes du nez. Tout nous laisse supposer que ce cargo va échanger sa cargaison contre une arme nucléaire, ou tout du moins contre le combustible nucléaire, qui va transformer une bombe sophistiquée de forte puissance en DDR. Que savons-nous d'autre ?

— Que cette arme pourrait être un chantage pour la libération d'un des pontes de Upali, propose sobrement un grand gaillard moustachu, dont la joue gauche est ornée d'une cicatrice de quinze centimètres.

Le Colonel s'emporte :

— Oui, mais ça, je m'en fous ! Que savons-nous d'autre, qui va nous permettre de récupérer les œuvres d'art, le plutonium, neutraliser cette bande de malades, démanteler leur réseau en Europe, y compris les branches pourries infiltrées dans nos institutions, si nécessaire ?

La voix du colonel tremble un peu sur la fin :

— Nous craignons tous un scandale à l'échelle de l'Europe.

Tout le monde se tait. C'est Julia qui brise le silence :

— Pas grand-chose d'autre, mon Colonel.

J'ai appris beaucoup plus tard qu'en fait, le soi-disant colonel était depuis belle lurette, général deux étoiles, mais que par coquetterie il se faisait toujours appeler ainsi en référence au grand dirigeant du contre-espionnage français de la France libre[4].

— Alors, résumons maintenant ce que nous ne savons pas, reprend le colonel.

Julia synthétise :

— Nous ne savons pas où se fera l'échange, de quelle manière, comment le combustible nucléaire sera transporté pour que la bombe soit assemblée, où sera positionnée cette bombe, qui sera visé.

Le balafré poursuit :

---

[4] Le colonel Passy

— Upali sait que nous suivons le Gorki à la trace, et que seule l'intervention de l'ambassade géorgienne, pour faire retarder la commission rogatoire, nous a empêchés de fouiller le cargo avant sa sortie des eaux territoriales.

— Alors comment espèrent-ils nous échapper ?

Et il frappe la table du poing, de dépit.

Je lève la main, timidement.

— Monsieur Majorès, je vous en prie, exprimez-vous. Vous avez autour de cette table, certainement les meilleurs cerveaux des services spéciaux français, et nous sommes en panne complète d'inspiration. Alors allez-y, n'hésitez pas ! Même si certaines choses vous semblent n'être que de futiles détails. Dites-nous tout ce que vous avez entendu, vu ou fait sur ce putain de navire, pendant que Julia était maintenue dans le coma.

Bientôt il va reprocher son coma à Julia, ce grand con ! Quant à lui dire tout ce que j'ai fait, pas question de raconter que j'ai joué au Docteur avec Laura, il me prendrait pour un traître et… Julia pour un salaud !

— Il m'a semblé que Madame Antonelli ou Sashvilli n'était pas inquiète du tout, et parlait d'un transport, somme toute banal, dont elle était chargée de la sécurité de bout en bout.

— Oui, mais cette ordure ne pourra pas diriger les opérations depuis l'Enfer où elle doit maintenant se trouver, dit Julia avec un air de satisfaction à peine retenu. Ça pourrait perturber leurs opérations ?

Je me lance et je leur révèle ce que j'ai en tête :

— Et si l'échange se faisait bien au milieu de l'Atlantique ? J'imagine... J'imagine qu'en pleine nuit, vos satellites n'ont pas la même acuité.

— C'est vrai qu'une image infrarouge n'a pas la même définition, surtout sur la mer, où la différence de température rend la définition des objets plus délicate, me confirme la jeune femme aux lunettes bleutées.

— C'est-à-dire ?

— Si de jour nous pouvons détecter un navire de cinq mètres s'approcher du Gorki, et même suivre une activité de transfert de colis, la nuit, seuls de gros navires peuvent être détectés. Et s'il pleut, la détection est encore plus mauvaise.

— Météo ! demande le Colonel.

Une carte météo se superpose aux autres informations sur l'immense dalle de verre de cinq mètres de long.

— Un front dépressionnaire approche des Açores, venant des Antilles, direction nord-est. Arrivée à la rencontre du Gorki, s'il ne change pas de direction, d'ici une quinzaine d'heures, commente le météorologiste de service.

Excité comme une puce, en plein raisonnement intellectuel, je me lève à demi de mon fauteuil :

— Et le Gorki ne changera pas de direction, il cherche la protection de ces pluies tropicales, bien sûr ! Lorsque Laura m'a fait visiter la cale où étaient entreposées les œuvres d'art, des marins étaient en train de recouvrir les caisses de film plastique. Je pensais qu'elle ne m'avait peut-être pas menti et que le Gorki allait réellement en Géorgie. Et si c'était la destination du plutonium ?

Un des jeunes cerveaux du contre-espionnage français, au profil d'énarque frais émoulu, me contredit :

— J'y vois deux contre-arguments, Monsieur Majorès. Premièrement, pourquoi renvoyer en Géorgie dix kilos de plutonium, transport délicat s'il en est, alors que tout laisse à penser qu'il provient de ce même pays ? Deuxièmement, contre quelle autorité ou intérêt stratégique européen de haut niveau pensent-ils exercer un chantage en Géorgie ?

Le colonel me fait signe de répondre, alors que Julia jette un regard noir à mon contradicteur.

— Eh bien, je dirais, premièrement pour brouiller les pistes, et éventuellement exonérer les autorités géorgiennes de ce trafic nucléaire.

Le colonel hoche la tête :

— Continuez, je vous en prie.

— Et deuxièmement, je… Enfin, il se pourrait que…

Allez les Lutins, aidez-moi ! Je suis incapable de finir ma phrase.

— Oui, Monsieur Majorès ? s'étonne le colonel.

Julia me regarde, dubitative.

Ah, merde ! Passer pour un con, je m'en fous, mais pas devant le Lieutenant de Vaisseau Julia Faure !

— Et si le convoi allait vraiment jusqu'au Kazakhstan, à Astana ?

— Mon Colonel, il me semble qu'il y a un évènement international prévu à Astana, s'exclament les lunettes bleues.

Ouf, je l'adore cette nana !

Sur l'un des écrans muraux s'affiche un moteur de recherche Internet.

EXPOSITION INTERNATIONALE D'ASTANA.

Énergies du futur

Inauguration le 10 juin 2017, avec la présence des chefs de gouvernement des 28 pays européens, qui y tiendront un Conseil des ministres de l'UE.

Chapitre XVI

Vendredi 26 mai, 7 h 00 TU, à dix mille mètres d'altitude, quelque part à l'est des Açores…

Elle est belle, ma Julia, même en tenue de saut noir mat de commando plongeur parachutiste. Avec son casque surmonté d'une GoPro, reliée par satellite au sous-sol de l'Église Saint-Joseph, son masque à oxygène avec son système de transmission numérique qui fonctionne même sous la surface de l'eau et qui lui donne une petite voix de canard.

— Je vais finir par croire que cette petite traînée de Arnijah avait vraiment le béguin pour toi, te dévoiler tout son plan ! Elle pensait vraiment te retourner ?

— Présomptueux de sa part de penser que j'aurais pu la préférer à toi, mon amour.

Julia me fait signe qu'elle n'entend rien. Ah oui, presser le bouton sur le côté gauche du casque pour parler.

Je répète ma si gentille phrase.

— C'est plutôt qu'elle pensait que jamais je ne ressortirais vivante du Gorki, c'est dire qu'elle était doublement présomptueuse !

Julia met le pouce vers le haut. Elle me fait parler pour me rassurer, j'en suis persuadé, depuis que je tremble comme une feuille. C'est-à-dire depuis que nous avons décollé dans cet ATLAS, Airbus A400M, de l'aéroport de Deauville-Normandie.

Mais qu'est-ce que je fous là, nom de moi-même ? Je n'en serais pas arrivé là si je fermais ma gueule de temps en temps...

***

Six heures plut tôt, dans la salle de crise sécurisée sous l'église Saint Joseph, les évènements se succèdent en cascade à la suite de mon « idée de génie » sur la destination probable de la bombe.

Tout d'abord, le Colonel prend la décision d'intervenir, en prenant d'assaut le Gorki sans attendre l'éventuel échange œuvres d'art contre plutonium, pour éviter tout risque de destruction des tableaux et des sculptures dans une bataille rangée. Ensuite, les stratèges du contre-espionnage envisagent de forcer l'équipage à continuer sa route sous la menace de nos troupes d'assaut, jusqu'au mystérieux rendez-vous d'échange, afin de récupérer ou de détruire le plutonium. Le plan est communiqué « au plus haut niveau », j'ai compris qu'il s'agissait de l'Élysée, pour un accord mission. Accord donné avec carte blanche pour adapter la solution à l'évolution de la situation. Pour l'Élysée, rien ne doit remettre en cause la tenue de la visite de l'Union Européenne à Astana dans moins de trente jours, ni bien entendu la sécurité des chefs de gouvernement. Ce qui en langage diplomatique signifie « allez-y les gars » ! Mais comment attaquer par surprise un navire de deux cent cinquante mètres de long, défendu par des soldats armés et entraînés, à plus de deux mille cinq cents kilomètres de la France, et à mille sept cents kilomètres des plus proches côtes portugaises ?

Encouragé par la bienveillance du Colonel Neuilly, je soumets une idée :

— Cheval de Troie.

Le silence général poli m'incite à développer :

— En contactant le Gorki pour négocier au nom du gouvernement français. Gagner du temps en demandant à rencontrer Upali, tout en préparant une intervention armée.

Un des jeunes cerveaux de l'équipe du colonel Neuilly est aussitôt affublé du titre de représentant diplomatique spécial du gouvernement français. Ce jeune officier a d'ailleurs la tête de l'emploi, il serait tout à fait crédible en haut fonctionnaire, au cas où Upali demande à voir sa tronche. Le contact est établi assez facilement, et rendez-vous pris pour une « conference-call » entre *un haut dirigeant de Upali présent sur le Gorki*, d'après l'opérateur radio du porte-conteneurs, et notre diplomate bidon.

Nous sommes tous réunis dans la salle de contrôle des opérations. Julia et moi venons juste de bénéficier d'une paire d'heures pour prendre une douche et un peu de repos. Elle m'a enfin expliqué que le service dont elle dépend est une branche des opérations spéciales, le Service Action de la DGSE, que c'est compliqué de me détailler comment elle s'est retrouvée à travailler pour les services secrets il y a maintenant sept ans, mais qu'elle est heureuse ainsi.

À l'heure dite, la communication par radio numérique est établie. Ce qui est impressionnant avec le numérique, comparé aux liaisons HF longue distance du passé, c'est la qualité de l'audio. Les voix sont aussi claires et reconnaissables que si l'interlocuteur était dans la même pièce. Concernant « le haut dirigeant de Upali », il s'avére qu'il s'agit d'une interlocutrice.

— Je vous salue Mesdames et Messieurs, car je n'imagine pas que vous soyez seuls autour de ce micro, Monsieur le représentant diplomatique spécial du gouvernement français.

— En effet, j'ai avec moi mon assistante qui prendra des...

— Oui, oui, gardez votre salive pour les choses importantes, s'exclame l'interlocutrice de Upali.

Cette voix, je la connais, plus lente, comme enrouée, mais je la connais.

Julia et moi nous tournons l'un vers l'autre, avec le même sentiment d'incompréhension, ce n'est pas possible, fait-elle, en bougeant les lèvres sans bruit.

— Je fatigue assez rapidement depuis quelques jours, depuis qu'une collaboratrice zélée de votre gouvernement m'a planté un scalpel dans les cervicales. Alors allons à l'essentiel. Que voulez-vous ?

— Nous voudrions discuter des modalités d'un, comment dire, d'un rachat, des œuvres d'art actuellement en votre possession.

— C'est embêtant car nous avons déjà un client. Vous imaginez bien que cette opération n'a été organisée, et bien organisée vous en conviendrez, que parce que nous avions un commanditaire.

— Oui, mais les pays européens concernés sont prêts à challenger cette offre, avec en plus la garantie gouvernementale.

— Mon commanditaire possède également une solide garantie. Que me proposez-vous ?

— Le double de ce que vous propose cet acheteur, plus la garantie que vous ne serez pas poursuivis par Interpol. Récupérer ces œuvres, avant que la nouvelle de leur disparition fuite, est un point majeur pour nous.

— Et comment comptez-vous procéder ?

— Bien entendu, nous devrons envoyer un émissaire vérifier le bon état des œuvres et, dès obtention de son accord, nous pourrions procéder à l'échange.

— J'imagine que vous savez où est le Gorki ?

— Bien entendu, nous vous suivons depuis Le Havre.

— Alors, comment comptez-vous envoyer votre émissaire sur un navire en pleine mer, sachant que nous ne permettrons pas qu'un navire de guerre s'approche de nous, vous le comprendrez certainement, et qu'aucun hélicoptère ne possède une autonomie suffisante ? Enfin, je ne vous accorde que six heures pour vous permettre de réaliser votre offre.

— Nous comptions parachuter notre émissaire sur le Gorki.

— Ah ! Ah ! Vous avez des experts d'art qui sont fin parachutistes alors !

Le colonel regarde notre faux diplomate avec une grimace de gêne. Le silence qui suit peut remettre en cause la crédibilité de notre histoire.

Je ne m'explique pas pourquoi car je devrais me taire à cet instant, pourtant je m'approche du micro et je dis :

— Laura, ce sera moi l'émissaire.

— Mon petit Walter, ça alors ! Ils t'ont embauché chez les chaussettes à clous ?

Les espions en col blanc autour de la table se lèvent de surprise et, heureusement pour moi, ils ne peuvent se permettre de hurler. Le Colonel a l'air amusé. D'un mouvement de main vers le bas, il leur fait signe de se calmer, puis m'invite à continuer, d'un mouvement de rotation de la même main.

— Laura, écoute-moi. Pascal était mon meilleur ami. Nous partagions tout, plus que personne ne peut imaginer. Sa disparition est terrible pour moi, mais je veux continuer son œuvre, tu comprends ?

Un instant de silence et Laura répond :

— Je comprends. Mais tu viendras seul. Si jamais notre radar détecte plus d'un parachutiste ou un quelconque engin à moins de cinquante milles du Gorki, tu seras abattu comme un chien. Vous avez jusqu'à demain onze heures Temps Universel, dernier délai, pour parachuter Walter.

Et la liaison fut coupée.

Pendant quelques secondes, la stupeur envahit notre petite assemblée, puis j'essuie une avalanche de critiques.

« Idée farfelue, digne d'un roman de gare », je risque de « faire foirer toute l'intervention », et j'ai même eu droit à certains sous-entendus comme d'être un agent double souhaitant saborder l'opération. Un cheval de Troie dans le cheval de Troie, des chevaux matriochkas en quelque sorte. Le Colonel calme toute cette assemblée de jeunes cerveaux vexés en tranchant :

— Le vrai risque de faire foirer l'opération aurait été de ne pas répondre au piège tendu par Laura Antonelli. Si l'un d'entre vous avait une meilleure idée et autant de présence d'esprit, il ne fallait pas qu'il se gêne pour intervenir avant monsieur Majorès !

Reste à comprendre comment Laura compte transférer les œuvres d'art, et sur quel moyen de transport ou quel îlot perdu en plein milieu de l'Atlantique.

— Une noria d'hélicoptères ?

— Difficile, il faudrait au moins dix hélicos lourds, et pour aller où ?

Je tente un trait d'humour :

— Sur le continent perdu de l'Atlantide ?

Flop ! fait ma blague.

— Un navire rapide ?

— Oui, mais facilement interceptable.

— Mais alors quoi ? Bon Dieu ! Monsieur Majorès, une autre blague ? s'impatiente le Colonel.

— Non, non, mais je me rappelle avoir vu des plans de grand format en arrivant dans le bureau où se tenait Pascal. Il les a prestement retournés à mon entrée, mais j'ai eu le temps de distinguer deux coques de navires parallèles, une beaucoup plus grande que l'autre, peut-être trois fois plus longue et cinq ou six fois plus large.

— La plus grande ne pouvait être que le Gorki. Donc nous cherchons un navire de cent mètres de long environ, mais large de seulement six à huit mètres ! Étrange. Quoi d'autre ?

— Je crois qu'un système reliait les deux navires. Mes souvenirs de dessin industriel me font penser à un tapis à rouleaux.

— Bon Dieu ! argue soudainement le colonel. Ce n'est pas un navire de surface qu'on doit chercher, mais un sous-marin !

***

Retour dans l'A400M ATLAS.

— Donc tu as bien compris ? Nous allons te larguer à dix mille mètres, au point GPS convenu avec le Gorki, qui « théoriquement », vient de mettre en panne. Ils pourront ainsi suivre ton approche et te guider éventuellement, en cas de panne de ton propre GPS. Julia montre du doigt l'écran de huit pouces accroché sur mon abdomen. Contrôle simplement ta chute libre et ne t'inquiète pas, le baro-déclencheur ouvrira ton parachute à cinq mille mètres. Puis dirige-toi avec le GPS. Tu ne devrais pas perdre de vue un navire de deux cent cinquante mètres, même avec ce temps de pluie.

À mon air hébété, Julia pose sa main sur ma cuisse, sous le regard amusé des 60 commandos parachutistes, tous plongeurs d'élite, assis autour de nous, contre les cloisons de l'immense soute de l'ATLAS. Je m'inquiète de ce « théoriquement ». Et si Arnijah avait décidé de me poser un lapin et de ne pas stopper le Gorki au point prévu ? J'allais me retrouver dans l'eau, et pas que le bec !

Julia fronce les yeux, comme lorsque quelque chose la chiffonne :

— Tu m'as toujours dit que tu avais fait du parachutisme ?

— Oui, enfin, deux trois sauts lorsque je faisais du vol à voile, et que le club de para était juste à côté de nous, sur l'aérodrome de Dijon Darois.

— Mais, tu as aussi fait de la chute libre, n'est-ce pas ? s'enquiert Julia, d'un air soudain inquiet.

— Euh, une fois, en double, pour un baptême.

— Pour un baptême ! Mais là, tu vas sauter sous oxygène à dix mille mètres d'altitude, et tu vas devoir stabiliser ton saut pour éviter de partir en autorotation, sinon ton parachute se mettrait en torche dès l'ouverture.

— Oui, fais-je, avec la voix d'un enfant pris en faute. Mais j'ai un parachute de secours ?

— Ouiiiii ! Mais à ouverture manuelle alors si tu tournes sur toi-même à raison d'un tour toutes les deux secondes, aucune chance que tu attrapes la poignée. Donc écoute-moi bien, insiste-t-elle en me prenant les avant-bras.

À ce moment précis, dans la soute retentit une sirène et une lumière verte s'allume.

— Cinq minutes avant le saut, dit tranquillement Julia, comme s'il s'agissait de la cuisson d'un œuf mollet.

Et elle me montre comment placer les bras et les orienter pour se stabiliser. La chute libre à haute altitude pour les nuls, en moins de deux minutes.

Nouvelle sirène et lumière orange, la voix du navigateur me fait sursauter :

— Deux minutes avant le saut, dépressurisation de la soute et déverrouillage de la porte.

Bon, je respire sans problème, c'est donc que mon système oxygène fonctionne. Julia accroche un mousqueton, relié à mon harnais, à une ligne de vie qui court au plafond, puis fait de même avec le sien. On s'approche de la porte latérale arrière gauche. Julia doit me pousser dans le dos pour que j'avance, mes jambes ne me portent presque plus.

— Ah, je ne saute pas par la grande porte de soute ?

— Ben voyons, on va se cailler uniquement pour tes beaux yeux, il fait moins quarante-cinq degrés dehors, tu sais ? On ouvrira pour notre saut TBA (très basse altitude), soixante paras à larguer en moins de cinq secondes, pour rester groupés.

Nouvelle sirène, trois coups brefs, plus une lumière rouge, au-dessus de la porte cette fois-ci. Un para-ouvre la porte et la rabat, un puissant courant d'air envahit l'immense soute de l'avion-cargo. Julia décroche mon mousqueton, je m'accroche à une poignée sur le côté du trou béant. Le bruit des quatre puissants turbopropulseurs à huit pales et douze mille chevaux chacun nous assourdit, mais j'entends Julia me dire :

— Allez, embrasse-moi, ça va aller.

Et elle me tend les bras.

Je lâche en tremblant la poignée pour prendre ma chérie dans mes bras et lui dire que je me dégonfle, qu'elle a qu'à envoyer un des paras, qui fera très bien le job ! Elle approche ses mains gantées de ma poitrine.

Oh, non ! Elle vient de me pousser dans le vide. La salope ! Je vais mourir, j'en suis sûr...

Je suis ventre en l'air et juste au-dessus de moi, le quadrimoteur s'éloigne et devient de plus en plus petit. Involontairement, je commence à tournoyer. Merde ! Utiliser d'abord les mains, pour me remettre face au sol. Très bien, mon gars, mais ça tourne fort, comme un vinyle 78 tours. Freiner la rotation doucement, en orientant la main extérieure, puis rabattre le bras intérieur. Voilà, je ne suis plus qu'en 45 tours, puis 33 tours. Quand même envie de vomir, mais faut pas, dans le casque pressurisé, je pourrais m'étouffer. Je stabilise enfin ma chute, bras et jambes bien écartés, juste avant de rentrer dans la couche nuageuse. J'ai à peine le temps de regarder mon altimètre, cinq mille cinq cents mètres. À quelle altitude le torchon doit s'ouvrir déjà ? Cinq mille mètres, que m'a dit Julia. Suffisamment haut pour pouvoir manœuvrer et retrouver le pont du Gorki, et suffisamment bas pour ne pas être pris trop longtemps dans les turbulences de ce gros nuage bourgeonnant, un Cumulus Congestus.

— Vous avez de la chance, m'a précisé au briefing le météorologue, vous n'aurez que des turbulences et des gouttelettes d'eau, alors qu'une ou deux heures plus tard, ce puissant nuage de pluie se transformera en Cumulonimbus... Et là, nuage de cristaux de glace et phénomènes électriques.

— Phénomènes électriques ?

— Oui, enfin, foudre quoi...

Un grand choc qui me tire vers le haut, le parachute s'ouvre et la corolle noire se déploie correctement, ouf ! J'ai bien positionné les sangles inférieures de mon harnais de chaque côté de mon appareil génital, comme me l'avait indiqué l'instructeur. Heureusement, car sinon, éclatement de couilles garanti !

Bon, il est où ce foutu navire ? Je suis toujours dans le nuage, l'écran rétro éclairé de mon ordinateur-GPS affiche un point clignotant au nord-ouest. J'oriente ma trajectoire en tirant sur une poignée. Le point rouge se rapproche du centre de l'écran.

Une voix grésille dans mon casque avec un fort accent slave :

— Nous vous suivons, gardez la même direction.

Vingt secondes plus tard, alors que le point rouge est devenu vert en se confondant avec le centre de la cible de mon écran, je sors enfin de la couche. Le Gorki est là, juste en dessous de moi, à deux ou trois cents mètres.

— Vitesse horizontale à zéro, si vous ne voulez pas nous dépasser ! hurle mon guide.

Je tire à mort sur les deux sangles.

— Vous voyez la bâche blanche avec une croix rouge au centre du pont ?

— Non ! Je ne la vois pas !

— Regardez sur la partie haute des piles de conteneurs.

— Oui, vu ! m'écrié-je, rassuré.

— Alors visez ce point pour votre atterrissage.

Il est drôle le mec, c'est grand comme un mouchoir brodé de jeune fille, son truc blanc.

Le mouchoir grossi toutefois rapidement et après deux trois manœuvres brusques, je me pose dessus... Enfin, je me vautre sur la pile de conteneurs. Deux solides marins m'aident à me relever et surtout, plaquent au sol mon parachute qui menace de se regonfler et reprendre l'air, ce qui m'aurait directement envoyé me fracasser les côtes sur les superstructures, quinze mètres plus bas.

Descente, ou plutôt désescalade de l'empilement de conteneurs jusqu'au pont, encadré par mes anges gardiens armés. Je reconnais la coursive extérieure prolongeant la passerelle que j'avais parcourue en cherchant Julia. Nous entrons dans le salon où j'avais surpris la conversation entre Laura et Pascal.

Laura est là, assise sur le canapé, une minerve autour du cou. Elle, auparavant au visage si expressif et aux yeux bleu acier, est d'une pâleur mortifère, et son regard est délavé. Elle tient ses jambes étrangement serrées. À mon entrée, elle redresse la tête.

— Notre petit commissionnaire ! J'ai failli ne pas te reconnaître, dans cette tenue de commando. Assieds-toi ! dit-elle en me désignant un fauteuil de l'autre côté d'une table basse. Alors comme ça, tu es des nôtres ? Si j'ai bien compris ton message subliminal.

— Tu as bien compris.

— Mais alors pourquoi Pascal, ton ami Pascal, mais surtout *mon* amant, ne m'en avait rien dit... Étonnant tu ne trouves pas ?

Deux hommes en costume, debout de chaque côté du canapé, me fixent sans un geste. Je commence à jouer une partie serrée. L'enjeu, c'est la réussite de l'opération, et accessoirement ma vie. Comme je suis un piètre joueur de Poker, mais un honnête joueur de Tarot, je ne vais pas bluffer, mais jouer stratégiquement sur la confiance de l'adversaire. Enfin, je vais essayer...

— De la part de Pascal, rien d'étonnant. Il a toujours su préserver plusieurs univers étanches. D'ailleurs je ne savais pas que vous étiez amants, il m'avait parlé de toi comme d'une partenaire d'affaires.

— Mais qu'est-ce qui t'amène ici ? Tu prends un risque, un très gros risque, celui que je ne te croies pas.

— Je le prends car je veux venger Pascal. Je veux trouver qui l'a dénoncé et forcé à s'enfuir. Et pour te prouver ma fidélité, quoi de mieux que de t'offrir le moyen de réussir ton opération ?

Laura fait le mouvement de vouloir se lever, mais retombe lourdement. Un des hommes en costume fait un pas vers elle pour la soutenir et, derrière lui, je vois un fauteuil roulant plié.

— Parce que tu t'imagines que nous avons besoin de toi, quelle prétention !

— Bien sûr ! Écoute-moi. La DGSE connaît tout de ton projet, je ne sais pas comment, peut-être le même informateur qui a dénoncé Pascal.

— Ben voyons, un traître dans l'organisation, tactique éculée. Mais raconte alors, et si tu n'es pas convaincant, je ne pourrai plus rien pour te sauver.

Un frisson me parcourt le dos. Comme au tarot, j'ai une main, une seule pour gagner la partie. Je raconte que nous suivons leur sous-marin avec un des nôtres, qu'un commando doit intervenir par la mer lorsque le MQ9 Reaper, un drone mis à disposition par les Américains, aura détecté la mise en place du tapis roulant, immobilisant les deux bâtiments. Laura/Arnijah ne laisse paraître aucune émotion :

— Nous avons un radar de surface, figure-toi. Ces commandos seront détectés à plus de vingt kilomètres.

Nous avons assez d'armes de moyen calibre, des mitrailleuses de calibre 50, et même assez de missiles antichars courte portée pour détruire plusieurs compagnies d'assaillants. Et puis, je doute fort que ces commandos soient très nombreux.

— Détrompe-toi, il s'agit encore une fois des Américains. Un groupe aéronaval évolue à l'ouest des Açores, et il a mis à notre disposition des troupes d'assaut, sur des barges rapides furtives. Ton radar n'y verra que des échos semblables à des dauphins sautant dans les vagues, avant que des centaines de Marines n'envahissent le Gorki.

Les deux sbires se regardent et interrogent Laura du regard. J'ai marqué un point.

Chapitre XVII

Vendredi 26 mai, 7 h 30 TU. Passerelle du Gorki

Arnijah me dévisage, son regard retrouve l'intensité qui m'avait tant impressionné lors de nos premières rencontres :

— Admettons, et quand interviendra cette attaque ?

Même si la dirigeante de Upali est diminuée, elle conserve pleinement le contrôle de ses émotions. Un de ses deux compagnons présente également une « poker face » mais le second semble plus fébrile. Je décide de surveiller ses réactions à mes propos :

— Au moment le plus favorable à une intervention. Lorsque Le Gorki et l'autre navire... le sous-marin, seront accouplés donc incapables de manœuvrer.

Bingo ! L'homme a imperceptiblement tressailli, et s'est retourné vers Laura et son compère.

Sur un signe de Laura, il se penche vers elle. Elle lui dit quelque chose dans une langue que je ne connais pas. Il fait « da » et sort de la pièce. Puis elle fixe longuement son regard bleu acier sur moi. Elle sait que cette posture me met mal à l'aise :

— Mais encore, à quelle heure ?

Je joue ma meilleure carte, mon 21, en espérant avoir bien compté les atouts tombés dans les mains précédentes. Comme tous les atouts, cet oudler comporte sur sa face une scène de représentation urbaine et une rurale, tête-bêche. Pour cette carte maîtresse, il s'agit du Carnaval et de la Parade Militaire. On y est !

Lors de l'échange radio, Laura nous avait donnés jusqu'à onze heures TU pour ce rendez-vous sur le Gorki. Comme je n'imaginais pas qu'elle puisse accepter de décaler son plan de transfert pour notre rendez-vous, mais plutôt d'utiliser ma mission pour gagner du temps, j'ai émis, devant le panel de cerveaux de la DGSE, l'hypothèse que le transbordement serait fini à onze heures, et le Gorki prêt à appareiller. En accélérant la préparation de la mission, nous avons pu être sur zone quatre heures plus tôt. Il est maintenant sept heures trente TU. Si je ne me suis pas trompé, le sous-marin ne doit pas être loin du Gorki, un expert logistique ayant estimé à deux heures le temps de transbordement. Et d'ailleurs si l'homme fébrile est sorti de notre pièce, c'est peut-être pour aller superviser la mise à couple du sous-marin ?

Je fais semblant de regarder ma montre, réglée en heure TU.

— Il vous reste une heure avant l'attaque.

Je devine au regard de Laura que j'ai gagné, elle n'a plus d'atout maître en main. À moi maintenant de prendre l'offensive.

— Et que préconises-tu ?

— Ne démarrez pas le transbordement tant que l'attaque n'a pas été repoussée. Le sous-marin, en particulier, serait trop exposé. Placez tous vos hommes armés sur bâbord puisque le Gorki est en panne face au Nord et que l'attaque aura lieu par l'Ouest. Et assurez-vous que le Plutonium est bien hors d'atteinte des combats, je ne tiens pas à ce que les conteneurs plombés explosent et qu'on inhale des poussières radioactives.

Laura sourit largement :

— Ne crains rien pour le Plutonium.

Pourquoi cette remarque ? J'ai un sentiment de malaise. Et si j'avais mal compté les atouts ?

Laura donne des ordres en russe à l'autre homme, à voix haute, sans chercher à me dissimuler ses propos. De toute façon, je ne comprends rien ! En sortant, il croise son compère qui tient devant lui par l'épaule un homme apeuré en tenue de travail. Il pointe un revolver sur la nuque de cet individu aux cheveux rares et gris, qui bafouille dans une langue slave. Un badge est accroché à sa poche pectorale, semblable aux détecteurs de radioactivité que portent les ingénieurs du nucléaire. Laura s'adresse à lui sèchement dans la même langue inconnue. Puis elle s'exprime en français :

— Walter, je te présente le Professeur Benarsky, éminent scientifique Kazakhe, spécialiste des bombes à effet de souffle, mais aussi de la propagation nucléaire gazeuse. Nous avons certaines raisons de penser que, si traître il y a, il pourrait s'agir du Professeur. Plusieurs fois, ses prétentions financières ont dû être revues à la hausse, ce personnage ayant une certaine addiction à la roulette. Malgré mon interdiction formelle de remettre les pieds dans un casino, il a été vu dans celui de Deauville lors de l'escale au Havre, perdant beaucoup d'argent, puis en discussion avec un homme à une table du bar, et lui serrant longuement la main à la fin de la conversation. De là à penser qu'il a monnayé l'effacement de sa dette contre des renseignements… Vieille technique éprouvée des services, que de manipuler une roulette pour faire perdre, ou gagner sur commande, un individu. Nous payons souvent nos informateurs de cette manière.

Arnijah a repris la main, elle me prend à mon propre jeu en traitant mon argument sur une trahison interne à Upali. Cette femme est une diablesse. Elle ajoute :

— Walter, tu vas pouvoir maintenant nous prouver ta fidélité. J'ai besoin de confronter les dires du Professeur avec les informations que tu possèdes. Si ce qu'il dit est vrai, tu acquiesceras positivement de la tête, et s'il s'avère que ses propos sont inexacts, un mouvement non me suffira. Dans ce cas, nous en aurons fini avec le Professeur.

Elle traduit ensuite ses propos au vieil homme épouvanté, puis s'adresse à son sbire, qui le tient toujours fermement en joue. Il recule de deux mètres, entraînant avec lui Benarsky, qui supplie.

Arnijah sourit, avec une lueur de démence dans le regard.

— J'ai dit à Serguei de s'éloigner de nous, je ne tiens pas à recevoir des morceaux de cervelle du Professeur, si illustre soit-elle. Vas-y, interroge-le, je ferai la traduction, ne t'inquiète pas Walter.

C'est sûr, elle est folle, et au Tarot, je dirais qu'elle joue son Excuse. Mais moi, je n'ai plus aucun atout, plus de carte maîtresse, me reste plus qu'à bluffer, et ce n'est pas mon fort. Je questionne le vieil homme d'une voix peu assurée :

— Professeur, qui était l'homme que vous avez rencontré au bar du casino Barrière de Deauville ? Puis elle traduit, à l'intention du Professeur.

Il répond fébrilement, il parle avec les mains le Professeur, comme un homme du Sud. Il s'exprime longuement, ce n'est pas possible qu'il ne fasse que répondre à cette simple question. Seul son accent slave rappelle ses origines, sinon, je l'aurais bien classé dans les Napolitains. Il me fait pitié, même si c'est lui qui a conçu cette arme dégueulasse, cachée on ne sait où, sur le sous-marin ou déjà sur le Gorki, ou pour partie déjà en place, peut-être à Astana ? Si je lui sauve la mise, il pourra nous délivrer des informations capitales. À condition que nous sortions vivants de cette pièce. Mais qu'est ce qui m'a pris de revenir sur ce satané navire dont j'ai eu tant de mal à m'extirper ?

Laura me traduit la réponse du Professeur :

— Il affirme que l'homme en costume noir qu'il a longuement rencontré, était en fait un prêteur sur gage qui a accepté de lui prêter de quoi payer ses dettes de jeu. Cet inconscient irresponsable croyant peut-être que nous allions de nouveau lui accorder une rallonge. Tant qu'on avait besoin de lui, oui, mais maintenant que son travail est terminé... dit-elle doucement, comme pour elle seule. Puis elle redresse la tête :

— Walter, as-tu connaissance d'un piège à con organisé par la DGSE pour faire plonger cet abruti ?

— Non, je les imaginerais plutôt kidnapper le professeur afin de le retourner en agent double.

— Bonne réponse. À toi maintenant Walter. Pascal avait des vies étanches, dis-tu. Mais moi aussi, figure-toi. Par exemple, je n'avais jamais fait allusion à l'existence de la bombe sale, alors comment a-t-il pu t'en parler ?

— Je n'ai jamais dit que c'était Pascal qui avait abordé la présence d'une bombe.

— Mais qui alors ?

Merde, pourquoi j'ai répondu ça ?

— Walter, toi qui maîtrises la logique, voici un problème relativement simple. Une information aussi capitale est arrivée jusqu'aux amis de ta copine Julia.

Je ne peux pas m'empêcher de penser à Julia, la reverrai-je ?

— Soit, c'est le Professeur, mais alors pourquoi affirmes-tu qu'il n'est pas l'informateur de la DGSE, si ce n'est pour le protéger, ce qui fait de toi son complice, donc un traître à notre cause. Soit, c'est Pascal, mais puisque je suis son seul contact au sein de Upali, et que je ne lui ai jamais parlé de la bombe, c'est qu'il est allé chercher cette information. Pourquoi, si ce n'est pour la donner à la

DGSE ? Et s'il te donne cette information, à toi, son ami fidèle, c'est que tu es donc également de leur côté.

Elle se pince la bouche :

— Tu comprends mon petit cœur, ce n'est pas parce que ta petite salope de Julia m'a planté ce scalpel, et que mes jambes sont mortes, que j'ai perdu le sens de l'analyse.

Le professeur me regarde en tremblant, et même s'il ne comprend pas le français, il pressent que sa vie, et peut-être la mienne, est en train de se jouer. L'homme de main me regarde également, mais avec le regard avide du tueur qui se dit qu'il aura droit à deux desserts au lieu d'un. Mes Lutins sont en pleine discussion sur quoi répondre. Il me semble qu'il s'écoule plusieurs minutes avant que je reprenne la parole :

— Laura, non, c'est beaucoup plus simple. Lors de l'escale au Havre, Pascal a vu par hasard un incident.

— Incident ?

— Un conteneur s'est ouvert lors du transbordement sur le Gorki, et quatre malles sont tombées, qui semblaient étonnamment lourdes. Le professeur, ici présent, est arrivé et a dirigé les opérations. Pascal a tout de suite reconnu des malles en plomb de transport de combustible radioactif.

Elle se retourne vers Benarsky et traduit.

Il acquiesce et s'explique. Laura sourit et lui répond, il semble tranquillisé.

— Nous voilà rassurés, juste un petit incident de chargement.

— Da, da, acquiesce-t-il, en exhibant un pauvre sourire, d'une dentition mal entretenue par des dizaines d'années de système de santé soviétique.

Bernasky rit maintenant, Il est passé pas loin de la correctionnelle mais la grande patronne de Upali s'esclaffe avec lui alors il soupire de soulagement. Subitement, Arnijah s'arrête de rire et son regard devient dur :

— Un chargement dont vous aviez l'entière responsabilité. Déjà cette idée de conteneur rose, je trouvais ça étrange. Mais là ! Votre incompétence a permis à des dizaines de témoins de voir les malles nucléaires. Et par la même occasion, aux caméras espionnes, placées par la DGSE sur les grues portiques du port.

Laura parle en français, mais Bernarsky perd son sourire, il comprend que sa situation ne s'est pas du tout améliorée.

— Une telle faute mérite la peine de mort, n'est-ce pas Walter ?

Et elle dit deux mots au tueur qui maintient alors plus fortement l'épaule du petit Professeur. Il retire le cran de sûreté de son Beretta et l'appuie sur la nuque du scientifique.

Tout à coup, des bruits d'explosions et de tirs nous parviennent. Arnijah fait un signe de la main à Serguei, et il sort sur la coursive, accompagné de l'un des gardes qui m'avait emmené jusqu'au salon. Les bruits de la bataille sont plus forts avec la porte ouverte. Serguei fait non de la tête. Les bruits semblent venir de l'autre côté du navire. Un marin armé arrive en courant et s'adresse à Arnijah. La Géorgienne comprend soudain. Son visage se transforme en masque de haine et elle me tend le poing :

— Si j'avais le temps, je te tuerais de mes propres mains. Tu n'es qu'un traître. Pas de marines à bâbord, mais des paras français sur le pont à tribord. Comment ai-je pu...

Puis, se reprenant :

— Serguei, tue les tous les deux ! Puis rejoins-moi sur le Nautilus. Prends la coursive inférieure pour éviter les combats.

Un des marins prend Arnijah dans ses bras, comme une enfant, et ils sortent tous en courant. Ne reste dans le salon que Serguei, Bernarsky et moi. Du canon de son Beretta, Serguei me fait signe de lever les bras. Puis tout en continuant à me surveiller, il appuie le canon sur la nuque de Benarsky, qui se jette à genoux et supplie son exécuteur du regard. Il n'a plus aucune fierté, ce n'est plus qu'un homme aux abois qui sait qu'il va mourir, mais sa raison ne veut pas l'admettre.

— Bien, dit Serguei, tu vas m'éviter de me salir, il recule d'un pas et lui tire une balle dans le front. La tête explose sous l'impact, tout l'arrière du crâne s'est détaché. La vision est horrible, d'autant plus que le corps sans vie reste quelques instants à genoux avant de s'écrouler. En professionnel, Serguei tire une seconde balle dans le cœur comme si une parcelle de vie pouvait encore habiter le corps du scientifique. Un grand sourire vicieux barre le visage de Serguei quand il tourne son arme vers moi.

Bon, c'est la fin, mon petit Petunias. Je n'ai même plus peur, je pressentais en venant ici que c'était une mission suicidaire, mais il fallait que je le fasse. Il fallait que je fasse quelque chose de ma vie, quelque chose de mieux que de vendre des optiques à des astronomes, que de raconter des blagues de bistrot à des copains qui se forçaient de moins en moins à rire, que de me faire un film à chaque fois qu'une fille me souriait dans la rue, comédies romantiques à l'anglaise, même si je ne suis pas Hugh Grant, et qu'elles n'étaient pas toujours Julia Roberts. Quelque chose de plus abouti que mes poésies, que jamais je n'avais osé montrer à quiconque, quelque chose de plus valeureux que de reprocher au gardien de mon immeuble de sortir les poubelles trop tôt, quelque chose de plus que les autres célibataires quadragénaires que je croise tous les matins rue du Moulin-Vert. Je baisse les bras doucement. Je ne regarde pas son visage, mais l'embouchure de l'arme au bout du bras tendu du tueur. L'index appuie sur la gâchette de l'arme à feu.

Des bruits derrière moi, du côté de la porte. Le Beretta change de cible, deux détonations. Je cligne des yeux. Je n'ai pas mal, après tout si c'est ça la mort, ça ira. Le Beretta échappe de la main de Serguei, son bras retombe le long de son corps, il tombe lourdement à genoux. Le buste droit, un masque d'incompréhension sur le visage, son regard bascule de la porte à son ventre où une tache rouge foncé se répand. Deux autres coups de feu venant de la porte l'atteignent à la tête et au cœur. Il bascule en arrière, c'est fini.

Je me retourne doucement. Ma Reine de Cœur est dans l'embrasure de la porte, son pistolet Glock 17 tenu à deux mains, visant encore le corps sans vie de Serguei.

— Pas mal la synchro, dit-elle, en baissant son arme.

Elle s'approche de moi, m'embrasse furtivement sur les lèvres, genre Chéri, je suis rentré du boulot, as-tu passé une bonne journée ? Nos yeux sont embués, mais on parlera plus tard. Elle m'enfile un gilet pare-balles, et m'entraîne dehors où attendaient deux paras commandos. Les combats ont presque cessé, mais la passerelle et le pont du Gorki sont les témoins d'une bataille courte mais violente. Des blessés, des morts, dans chaque camp, des infirmiers parachutistes qui prodiguent les premiers soins, beaucoup de fumée.

— Tu as raté Arnijah de quelques secondes, j'imagine qu'elle est partie rejoindre le sous-marin. Elle a parlé de passer par la coursive inférieure.

Julia regarde un plan du Gorki sur une tablette :

— C'est là qu'ils ont commencé à entreposer les œuvres avant le transbordement. Nous sommes arrivés à temps pour empêcher le démarrage de l'opération, j'ai une équipe qui tient en respect les manutentionnaires.

Nous prenons la direction du flanc tribord, comme j'ai entendu Arnijah le dire à Serguei. En débouchant de la coursive de l'autre côté du navire, nous avançons entre un tapis à rouleaux et des caisses en attente de chargement. Soudain, des tirs violents abattent l'un des paras. Julia et l'autre para répliquent, et lancent deux grenades asphyxiantes. Trois manutentionnaires se précipitent en toussant de derrière les caisses et se jettent à l'eau, par une large porte étanche. Nous avançons avec des masques, deux paras sont au sol, blessés.

— Désolé Madame, nous nous sommes fait avoir comme des bleus.

La porte étanche est ouverte à cinq mètres au-dessus de la ligne de flottaison, une échelle de coupe bat contre la structure du navire. Un sous-marin de croisière, siglé Nautilus sur le flanc de son massif, s'éloigne en prenant de la vitesse, en mode plongée. Seul le massif dépasse encore de la surface. Un para arrive en courant avec un long tube sur les épaules. Seul le périscope du sous-marin émerge encore. Le para tire un missile antichar qui rate sa cible.

Ma radio grésille, c'est la voix de Arnijah :

— Je constate qu'une fois encore, ta Julia est venue à ton secours. Passe-la-moi !

Je passe mon micro-casque à Julia, qui lui lance :

— Rendez-vous immédiatement sinon nous allons vous couler.

— Encore du bluff ! Contentez-vous d'avoir récupéré vos tableaux. Mais ça n'a aucune importance. Le compte à rebours est activé. Nous sommes vendredi, il est huit heures TU. Si vous refusez de libérer notre camarade Kublanski avant dix-huit heures ce soir, vous regretterez de vous être opposé à Upali dans exactement vingt-quatre heures

— C'est vous qui bluffez. Vous n'avez plus de cartes en main. Nous avons les œuvres d'art, et nous ne tarderons pas à récupérer le plutonium. Votre bombe est incomplète, alors qu'espérez-vous ?

— Pauvre petite gamine, décidément tu ne comprends rien. On ne défie pas impunément Upali. Comme tu es un petit serviteur zélé de ton gouvernement, alors je te certifie que tu seras au premier rang pour la grande scène finale. Si dans dix heures, notre camarade n'est pas à Genève, je ne pourrai plus rien pour vous.

Et la communication se coupe, alors que le Nautilus disparaît sous les flots.

— Elle est folle, ne t'inquiète pas.

Julia se marre :

— Les dingues je les soigne, moi ! Je vais lui faire une ordonnance et une sévère...

Je la prends dans mes bras. Ouf, c'est fini ! La dernière bravade de Laura/Arnijah ne nous trouble pas.

Un officier parachutiste se présente.

— Madame, un problème.

Chapitre XVIII

Vendredi 26 mai, 17 heures TU.
Centre de Contrôle des Opérations de la DGSE
sous l'église Saint-Joseph

— Monsieur, il reste une heure avant expiration de l'ultimatum.

— Je sais, merci ! Le Colonel Neuilly perd son calme.

— L'Élysée refuse absolument de libérer Kublanski. Je viens encore de solliciter le cabinet du Président, c'est un « non » formel. Et nous devons retrouver cette bombe et la désactiver avant demain 8 huit heures.

— Monsieur, les forces de police d'Astana viennent de confirmer qu'aucun engin explosif n'a été retrouvé, ni dans le pavillon européen, ni d'ailleurs dans aucun autre pavillon à proximité. La bombe N'EST PAS au Kazakhstan !

Nous sommes tous autour de la grande table, les écrans sont éteints, les hommes pas rasés et les femmes ne prennent même plus le temps de se recoiffer. Le moral est à zéro. Comment en sommes-nous arrivés là en à peine neuf heures ?

***

Retour sur le Gorki, vendredi huit heures TU.

— Madame, un problème. Nous avons trouvé le conteneur décrit par Monsieur Majorès, un conteneur rose. Venez constater vous-même.

Le conteneur rose pâle est ouvert, deux parachutistes, des techniciens spécialisés équipés de combinaisons étanches NBC (Nucléaire-Biologique-Chimique) sont à l'intérieur, devant quatre mallettes en plomb, ouvertes. Nous restons à dix mètres pour ne pas subir les radiations. Un des deux hommes fait des mesures avec un compteur Geiger. Un troisième homme, un officier ingénieur nucléaire, fait la liaison avec nous. Les mallettes sont vides.

— Le plutonium est reparti sur le Nautilus ?

— Je ne pense pas, Madame, la mesure de radioactivité latente tend à prouver que le plutonium n'est plus dans les mallettes depuis plus de quarante-huit heures.

— Tend à prouver, c'est-à-dire ? Quelle certitude ?

— Sûr à 99.99 %, Madame.

— Et donc ? dit Julia en se retournant vers moi.

Je continue sa phrase.

— Et donc lorsque Pascal a vu les conteneurs au Havre, ils n'étaient pas en cours de chargement, en vue d'être utilisés pour transporter du Plutonium livré par le Nautilus mais…

— Mais le Plutonium venait d'être déchargé au Havre !

— Et les mallettes polluées par les radiations ont été réembarquées, pour éviter de laisser une trace, précise l'ingénieur nucléaire.

— Julia, le plutonium est sur le sol français, la bombe est peut-être opérationnelle !

Une heure plus tard, Julia et moi embarquions à bord d'un avion à décollage vertical, un V22 Osprey du CVN76 Ronald Reagan, porte-avions US de dernière génération, qui effectivement croisait dans l'Atlantique, à l'ouest des Açores. Sur ce coup-là, je n'avais pas menti à Arnijah ! À dix heures, nous étions sur l'aéroport militaire de Lajes, une base OTAN de l'île de Terceira aux Açores, où un Falcon 7X de l'Armée de l'air nous attendait avec un bon repas chaud, direction Deauville-Normandie.

Je n'ai pas vu le voyage, trop besoin de dormir et à 13 h 15 nous atterrissions sur ma bonne terre de Normandie.

***

— Donc, c'est maintenant certain, ces mallettes vides n'étaient pas un leurre, nous devons considérer l'hypothèse que le plutonium est en France, ou du moins en Europe.

— Et que la bombe sale est peut-être activée.

— Monsieur Majorès, si vous étiez un terroriste... si, si, j'insiste. Après tout, vous en avez beaucoup fréquenté ces derniers temps, et de près. À quelle cible vous attaqueriez-vous, pour faire regretter aux États européens de ne pas avoir cédé au chantage ?

Cynique, le Colonel Neuilly, et ses allusions. Il doit certainement penser à mon amitié avec Pascal, mais vu la grimace de Julia, la notion de « fréquenté » doit plutôt lui rappeler ma relation avec Arnijah. J'évite de croiser son regard et je me concentre sur la question du Directeur du service action de la DGSE.

— Je viserais un endroit ou un évènement symbolique, populaire, avec beaucoup de monde et de préférence avec des édiles. Comme une rencontre sportive internationale, match de football, tennis, de préférence dans un lieu clos ou en tout cas circonscrit, pour optimiser la puissance de la bombe. C'est une bombe à effet de souffle si j'ai bien compris ?

— Oui, tout à fait, répond un expert en explosifs à forte puissance, c'est l'effet de souffle qui répand le plus efficacement, je veux dire le plus mortellement, le plutonium pulvérisé par l'explosion initiale.

Des listes d'évènements, dans les différents pays européens, défilent sur les écrans muraux.

— Pas de rencontre sportive importante dans les vingt-quatre heures, sauf une rencontre de pétanque France-Maroc à Grenoble.

— Des personnalités ?

— Le préfet de l'Isère, le maire de Grenoble et Miss Reblochon 2017.

Un sourire parcourt l'assistance… C'est déjà ça.

— Événements culturels, rencontres politiques au sommet ?

— Non, rien.

Et là… Julia interroge :

— Quel jour sommes-nous ?

— Vendredi 26 mai 2017, lui indique un officier.

— Et demain ?

Je réponds, trop vite évidemment :

— Samedi 27 mai !

Julia me regarde d'un air dépité :

— Demain, c'est l'inauguration des festivités pour les cinq cents ans du Havre, voyons !

Bon Dieu ! Quelle bande de cons nous faisons, dit le colonel Neuilly. Le Président vient avec le Premier ministre assister à l'inauguration !

Le Colonel retrouve son âme de leader :

— Trouvez-moi le planning, le parcours présidentiel, les lieux qui seront visités. Je veux un topo complet.

Chapitre XIX

Vendredi 26 mai 2017, 18 heures TU

— Bon, ce n'est pas encore maintenant que je vais pouvoir faire une sieste.

— Ne ronchonne pas, notre équipe a hérité du contrôle des Volcans.

— Hein ? Des volcans ? Au Havre ?

— Le Volcan, c'est la salle de spectacle, et le Petit Volcan, la médiathèque Oscar Niemeyer. Le président et le Premier ministre doivent commencer par inaugurer une exposition à la médiathèque, puis le Président fera une intervention dans la grande salle du Volcan.

Nous sortons des sous-sols de l'Église Saint-Joseph. Les travaux sur les portes continuent. Pendant que Julia attend ses collègues, je discute avec des ouvriers. Ils améliorent les joints des portes, et installent un système de verrouillage automatique en vue de la visite du Président, alors ils ne doivent pas traîner.

Le contremaître s'approche, l'air contrit de me voir discuter avec ses serruriers. Il leur en fait la réflexion, sans même me regarder. Bizarre, ce gars, il me semble le connaître.

— Allez ! On est partis, lance Julia.

— Tu disais qu'on avait de la chance de fouiller des volcans ?

— Oui, si tu es trop fatigué, mon chéri, vu ton grand âge, tu pourras t'assoupir sur les canapés de la bibliothèque. Les huit gaillards qui nous accompagnent se marrent à cette boutade.

— Pas question, je ne te laisse pas seule avec ton octet de Don Juan potentiels.

Du coup, j'ai droit à un grand sourire de ma chérie.

Certaines grandes tentes sont déjà ouvertes et une charmante jeune fille me tend un plan des festivités, qui dureront jusqu'au départ de la transat Jacques Vabre, Le Havre-Salvador de Bahia, en novembre prochain. À l'intérieur du dépliant, un superbe marque-page translucide, avec le profil de l'église Saint-Joseph et sa forme caractéristique en transparence.

Arrivés sur l'espace Oscar Niemeyer, deux troncs de cônes immaculés semblent jaillir du sol, comme le produit d'une éruption magmatique. Le plus grand des volcans, un volume de paraboloïde hyperbolique, d'après notre chauffeur à vocation d'architecte, abrite une salle de spectacle. Le second, un volume de révolution, donc un hyperboloïde, héberge une bibliothèque. Six officiers filent vers le plus grand des édifices, et les deux autres nous accompagnent vers le plus modeste.

En pénétrant dans l'atrium, je suis séduit par la beauté de cet édifice et je décide de fouiner dans les rayons de cette superbe bibliothèque. Julia et les deux officiers fouillent les locaux techniques, interrogeant au passage les employés, sur ce qu'ils auraient pu remarquer d'anormal dans les derniers jours. En passant devant le rayon Technologie, je m'arrête. Je fouille, et ne trouvant pas mon bonheur, je m'adresse aux bibliothécaires, ou plus exactement à la plus jeune et jolie d'entre les trois.

— Je cherche des ouvrages sur la fabrication des bombes.

Le sourire de bienvenu de la jeune femme laisse place à une moue interrogative :

— Euh, des bombes ?

— Oui, mais rassurez-vous, ce n'est pas pour en fabriquer une !

— Non, bien entendu, je vous crois, mais vous savez, depuis les attentats, ce genre de littérature n'est plus en accès libre. Vous devez me présenter une pièce d'identité, et je dois vérifier préalablement que je peux vous accorder ce droit.

— Bon, voilà, et je lui tends mon passeport quand Julia apparaît :

— Tu fais quoi ?

— Mademoiselle a besoin de vérifier mes bonnes mœurs avant de m'accorder... l'accès à une lecture sulfureuse...

— Sade ? Pauline Réage ?

— Pire...

— Restif de la Bretonne ?

235

— Non, encore pire, un ouvrage sur la fabrication des bombes, de préférence à effet de souffle.

La jeune bibliothécaire, troublée par cet échange ironique entre Julia et moi, rosit et lève les yeux de son ordinateur :

— Je suis vraiment désolée, mais ce sont les consignes, et en plus ce site internet est vraiment long à répondre.

— Ah, l'application Hermès ? l'interroge Julia.

— Oui, vous connaissez ?

— Euh, oui.

Elle montre à la jeune femme une fausse carte de la Police Nationale, à son nom :

— Je me porte garant de ce vieux pervers, ajoute-t-elle avec un clin d'œil destiné aux trois biblitothécaires.

— Oh non, non ! Tout va bien, désolée, Madame la Commissaire. Tenez, voici la clé de l'armoire blindée, vous la trouverez au bout du rayon technologie. Servez-vous, mais si vous désirez emprunter un ouvrage, n'oubliez pas de simplement repasser me voir, dit-elle, en s'adressant à moi.

— Sans faute, mais je crois que je vais plutôt le consulter sur place, dans un bon canapé orange, comme celui que je vois là-bas.

— Bonne lecture, Monsieur. Euh, Madame la Commissaire, c'est juste que normalement nous fermons la médiathèque à 19 heures, il n'y a plus que vous à l'intérieur et...

— Oui, bien sûr, vous pouvez partir. Un peloton de Gendarmerie va venir garder le Volcan. Pendant la nuit, ils s'enfermeront de l'intérieur et demain matin vous n'aurez qu'à frapper à la porte pour qu'ils vous ouvrent.

Je me sens obligé d'ajouter :

— Surtout frappez bien avant d'entrer, sinon ils risquent de vous tirer dessus !

Et à ce moment précis, entrent huit gendarmes en treillis, armés de FAMAS, lourdement chargés avec des cantines contenant de quoi se nourrir, et des lits de camp. Julia leur indique où s'installer, et ils partent avec les deux officiers faire le tour des différentes issues pour les sécuriser.

J'ouvre l'armoire aux secrets, des trésors de livres plus ou moins techniques, plus ou moins abscons sur la conception, la fabrication, et l'entretien de toutes sortes d'armes. Le classement est historique, depuis les propulseurs en os du Magdalénien, rayon – *17 000 ans à - 3 000 ans*, jusqu'aux LaWS ou lasers Weapon Systems de l'US Navy. Je n'ai aucune idée de la date d'apparition des armes radiologiques, bombes sales ou DDR. Certainement avec le développement du terrorisme au Moyen Orient ? Je pioche au hasard dans les années 1945 à 1960 un ouvrage intitulé *Armes Thermobariques*. Le nom m'amuse, alors je le feuillette.

J'ai toujours adoré les bibliothèques parce qu'on peut les aborder de maintes manières. Par exemple, recherche d'un ouvrage précis, « *La vie de mon père, par Restif de La Bretonne, s'il vous plaît* ». Rien que le regard du, ou de la bibliothécaire vous renseigne sur son degré de culture. Ou « *Chemin Faisant, de Jacques Lacarrière* ». Si le nom parle à votre interlocutrice, mais pas l'œuvre du marcheur, j'évoque alors l'Helléniste. Et si nul Bédéphile ne vient troubler ce moment charmant, pour restituer ses Spirou et Fantasio, nous voilà partis jusqu'au mont Athos. Ou bien, justement, recherche d'une série, Spirou et Fantasio réinterprétés par de jeunes auteurs. Une bibliothécaire de moins de trente ans connaîtra, une plus mûre... oui... mais uniquement si c'est une fan de Bédé. Enfin, recherche thématique, c'est-à-dire un chapitre dans un ouvrage plus général, alors là, accroche-toi, mon coco ! Oui, il y a Wikipédia et consorts, mais rien ne vaut la sensation de tourner des pages, avec des illustrations en grand format ; et puis merde ! Je préfère le papier à la dalle LCD.

« *Une arme thermobarique est une arme de type conventionnel, explosive, qui combine des effets thermiques, d'ondes de choc et de dépression* ». Ah ? Comme les bombes à souffle utilisées sur les grottes en Afghanistan ! Donc, a priori, pas de rapport avec ce que je cherche.

Julia, qui active la descente des volets roulants des baies vitrées en prévision de la nuit, me regarde, intriguée.

— Je croyais que tu voulais faire une sieste, tu cherches quoi ?

— Je ne sais pas vraiment. Étudier à quoi ressemble une bombe DDR.

Elle regarde par-dessus mon épaule :

— Thermobarique, mauvaise pioche.

— Tu sais, toi, sur quelle étagère je dois chercher ?

Elle se tient le menton, comme une bibliothécaire à l'ancienne, qui voudrait démontrer qu'elle n'a pas besoin d'un ordinateur pour maîtriser la liste des livres qui occupent ses étagères.

— Je dirais que les premières expérimentations datent de la fin de la seconde guerre mondiale en Allemagne nazie.

— Les Nazis, j'aurais dû m'en douter !

Ma Chérie suit le rayon 1945-1960 du doigt, puis passe au rayon supérieur 1960-1980 :

— Là ! Les vrais développements sont plus récents. Tiens, celui-ci par exemple. Et elle me tend un ouvrage anglophone, d'un général de l'US Army qui, d'après la quatrième de couverture, a théorisé l'emploi de ce type d'arme.

—Bravo, Julia !

— Lis ça, et tu deviendras le spécialiste français de la question, on n'est pas très au point sur le sujet ici, murmure-t-elle.

— Que tu dis, ma chérie ! Tu m'impressionnes déjà par tes connaissances sur le sujet.

— Bah, des restes des cours de la DRM[5] à Strasbourg.

Décidément, petit amour, tu as encore plein de secrets pour moi. Puis elle s'arrête, comme si elle n'aurait pas dû me dire ça.Et elle change de conversation :

— Et tu peux également lire celui que tu as déjà en main. Le Docteur Folamour qui combinerait les effets DDR et Thermobariques, inventerait la plus puissante arme de terreur jamais créée ! À part les armes thermonucléaires, bien entendu. Le plutonium pulvérisé serait envoyé à des centaines de mètres par l'effet de souffle.

Elle est rayonnante d'intelligence, ma Julia. Je reste pétrifié, autant par admiration, que par le manque de sommeil depuis cinq jours, qui me gélifie le cerveau.

Elle éclate de rire, et se méprend sur mon attitude :

— Pas de crainte, Amour, ce type de bombe n'existe pas.

Je m'installe confortablement dans un canapé rouge, alors qu'une odeur de cassoulet en boîte arrive à mes narines et envahit le volcan, en provenance du campement gendarmesque.

C'est qu'ils me donneraient faim, ces pandores !

---

[5] Direction du Renseignement Militaire

Chapitre XX

Vendredi 26 mai 2017, 20 h 30 TU

Un coup de barre et une fringale. Après le cassoulet, ce sont des odeurs de crêpes chaudes qui se diffusent dans la médiathèque. S'emmerdent pas les gendarmes.

C'est qu'il est déjà 22 h 30 ! J'ai recalé ma montre en heure TU, mais mon estomac non.

Pas appris grand-chose de plus sur les DDR, si ce n'est que la taille de la bombe dépend de la quantité de combustible nucléaire, puisque l'explosif « classique » sert à pulvériser, voire vaporiser, le plutonium. D'après quelques règles de trois et courbes de simulation trouvées dans l'ouvrage, la recette est la suivante :

- Pesez 4 kg de ^{238}PU, ajoutez
- Une vingtaine de kilos d'explosifs à haute énergie
- Un système d'allumage électrique avec une batterie d'un kilo
- Un système de commande à distance ou chronométrique
- Placez le tout dans un moule de qualité, donc plombé.

Ça nous fait au bas mot une centaine de kilos, dans un volume d'un quart de mètre cube. Les quelque trois cents personnes, gendarmes, policiers et officiers des services secrets, qui fouillent tous les lieux de la ville qui sont sur le parcours du cortège présidentiel devraient théoriquement trouver un tel engin... Mais mes lutins et moi, nous doutons.

Je n'ai pas fini de parcourir l'autre livre, celui sur les armes thermobariques. Je ne sais pas pourquoi je l'ai ouvert, puisqu'il ne s'agit pas de ce que nous cherchons, mais la réflexion de Julia sur la *plus puissante arme de terreur* me perturbe. Upali est si omnipotente et tellement ivre de vengeance, son organisation a mis des moyens considérables à disposition de ce savant, le professeur Benarsky. Alors, nous devons nous attendre au pire.

Julia réapparaît après avoir fait le tour de sa zone de recherche.

— Bon, on file, direction Saint-Joseph pour un débrief, la nuit va être courte.

Je referme le livre, utilise mon marque-page, comme ça, si je n'arrive pas à m'endormir, je relirai quelques pages de ce sommet de la technologie, et là... endormissement garanti dans la minute !

Nous sortons de la bibliothèque Oscar Nimeyer avec les deux officiers, les gendarmes de faction s'enferment derrière nous, les autres dorment déjà en prévision de leur tour de garde. Beaucoup d'autres de leurs collègues font la même chose ce soir dans les bâtiments considérés comme stratégiques de la grande cité normande afin que, si les terroristes avaient eu l'intention d'installer leur bombe cette nuit, ils ne puissent pas le faire. La ville du Havre est totalement sécurisée, le Président, le Premier ministre et les Havrais ne risquent rien. Mais alors pourquoi ai-je cette boule au ventre ? Peut-être parce qu'au fond de moi, je suis sûr que Laura/Arnijah n'a pas menti, et que cet engin de terreur existe. Seulement, nous nous sommes peut-être trompés, je me suis trompé, la bombe est ailleurs.

L'église Saint-Joseph est superbe sous la lune, seuls quelques projecteurs illuminent ses flancs rectilignes, surmontés de cette immense tour de cent sept mètres, me rappelant un peu la Giralda, l'ancien minaret de la grande mosquée almohade de Séville. Les ouvriers ont fini leurs travaux dans les temps, les portes ont retrouvé leur fonction, les échafaudages ont disparu, et seul un œil averti peut voir ce qui a été ajouté, des joints sur le cadre, des actionneurs et des gâches électriques, pour automatiser le verrouillage, j'imagine.

— Tu as vu, beau boulot, au moins nos édiles seront en sûreté lorsqu'ils visiteront Saint-Joseph.

Un des officiers, qui a le circuit de la visite présidentielle à la main, me dit que Saint-Joseph n'est pas prévu dans la visite. Malheureux serruriers, quand ils vont se rendre compte qu'ils ont fait des heures supplémentaires pour rien !

— Il y a eu beaucoup de modifications du circuit de visite, comme celle-là ?

— Quelles modifications ? me demande l'officier.

— L'annulation de Saint-Joseph !

L'officier me répond, comme à un débile léger :

— La visite de Saint-Joseph n'a *jamais* été prévue par le protocole.

Julia qui vient d'appeler l'ascenseur remarque mon air surpris.

— Il y a quelque chose qui te gêne ?

— Je ne sais pas encore vraiment.

Le colonel Neuilly a bien fait les choses, un superbe repas chaud nous attend avec jus de fruits et café à profusion, ça sent effectivement la nuit courte.

Le tour de table est rapide, nulle trace de la bombe. Ni sur le Pont de Normandie, ni sur le boulevard Leningrad qui conduit jusqu'au cœur du Havre, ni sur le quai Colbert, ni même sur le quai Georges V qui conduit au Volcan. Pas davantage sur la rue de Paris, que le cortège empruntera pour aller déjeuner à l'Hôtel de Ville, avant que le Premier ministre reparte directement sur Paris. Ni à l'Institut Supérieur d'Études Logistiques sur le Bassin Vauban, où le Président fera une intervention devant les étudiants, après l'inauguration des festivités.

— Vous êtes donc en train de me dire que cette bombe, si bombe il y a, n'est pas au Havre ?

Julia et les quelques collègues qui soutenaient mon hypothèse sont silencieux, les autres ont le triomphe modeste, nous sommes tous épuisés. Le colonel le comprend, qui nous dit :

— Allez prendre quelques heures de repos, la journée de demain sera longue. Rendez-vous à huit heures.

Julia nous a fait réserver une chambre juste à côté, dans un hôtel coquet, installé dans une villa normande au charme anglais. Nous y allons à pied.

— Si le Président n'a pas prévu de venir à Saint-Joseph, pourquoi ont-ils monté cette estrade sur l'autel, au centre de l'église ?

— Bah, il y a souvent des concerts, tu sais, dans les églises. Julia me prend le bras et pose sa joue sur mon épaule, ne t'inquiète pas, semble-t-elle me dire.

Le lit est confortable, les draps sont soyeux, l'édredon en plumes est moelleux, la peau de Julia qui dort nue près de moi est douce. Je lui caresse doucement les fesses, trop crevé pour avoir un dessein lubrique, et puis je ne voudrais pas la réveiller. Mais je n'arrive pas à dormir.

Une heure… deux heures … merde trois heures TU, cinq heures du mat' en fait. Nous sommes samedi, et la bombe est censée exploser à huit heures TU, donc à dix heures locale. Ah, fait chier ! Je remets ma montre à l'heure française d'été.

Je connais par cœur le timing présidentiel. Atterrissage à Deauville-Normandie à 8 h 30, arrivée au volcan à 9 h 05, allocution présidentielle dans la grande salle du volcan jusqu'à 9 h 50, bain de foule quelques minutes, avant de rejoindre l'esplanade sur la place du Général de Gaulle, pour la cérémonie d'ouverture des festivités, jusqu'à 11 h 45, enfin départ à pied pour l'Hôtel de ville. Le convoi se dirigera ensuite à quatorze heures vers l'ISEL, échange avec les étudiants durant environ deux heures, puis retour à l'aéroport.

Rendez-vous de toutes les forces de sécurité à six heures. Donc lever à cinq heures, dans deux heures… Faut vraiment que je dorme un peu.

Le téléphone de Julia me fait sursauter, je vais pour l'attraper sur la table de nuit du côté de ma belle, mais elle est plus rapide.

— Oui, dit-elle, d'une voix encore endormie. Bien Monsieur, dans une heure, oui, c'est noté. Non, ça ira, nous avons dormi un peu, je suis opérationnelle à 100 %.

— Merci pour le « on » a dormi !

Julia se dirige déjà vers la douche :

— Arrête de ronchonner dès le matin, prépare-toi, et va nous chercher quelque chose pour le petit-déjeuner. On a rendez-vous sur le bassin du Commerce dans une heure. Je t'expliquerai.

La douche coule déjà.

Chapitre XXI

Samedi 27 mai 2017, 6 heures du matin.
Bassin du commerce

Le bassin du Commerce jouxte la place du Général de Gaulle et le Volcan. Les reflets des gyrophares des véhicules de police et de pompiers dansent sur l'eau. Sur la berge, deux corps recouverts par des draps blancs reposent sur des brancards.

Le Colonel Neuilly et un Capitaine qui accompagnait Julia hier soir, sont penchés sur ce qu'on doit, sans aucun doute, appeler des cadavres.

Le Colonel nous explique que des noctambules longeant le bassin ont aperçu deux corps flottant entre deux eaux. L'officier de permanence de notre système de surveillance étant le capitaine Toutain, il fut donc l'un des premiers sur les lieux :

— Une noyade, c'est malheureusement fréquent ici, avec le nombre de bassins et le nombre de bars. Mais deux noyés, ça ressemble plus à une bagarre, alors je suis venu épauler mes collègues du commissariat.

Il soulève un des draps, dévoilant le visage blanc et gonflé typique d'un noyé, en guettant ma réaction.

— Mais c'est l'ouvrier serrurier avec qui je discutais cet après-midi, devant l'église Saint-Joseph !

— Oui, c'est bien ce que je pensais, dit le Capitaine. Et celui-là, il vous dit peut-être quelque chose ? Moi, ce visage m'est inconnu.

Il dévoile le second visage, et là ! Oui, je connais ce visage, et maintenant je dirais même que je le connais doublement. C'est le visage du contremaître qui semblait contrarié que le serrurier m'ait adressé la parole, mais c'est aussi celui d'un des hommes qui accompagnaient Laura, dans sa version Commissaire Spécial de la DGSI, lorsqu'ils avaient occupé ma maison, et installé leur matériel sophistiqué à remonter dans le temps.

Un gendarme nous apporte une thermos de café, ce n'est pas de refus. Ça caille Le Havre en fin de nuit au mois de mai, surtout quand on n'a pas dormi. Nous nous installons dans une camionnette pour faire le point, et traduire notre compréhension de la situation.

Le Colonel prend la parole :

— Des hommes de Upali sont ou étaient au Havre, certains sous le déguisement d'ouvriers du bâtiment. Ils ont procédé à des modifications de sécurité des portes de l'église Saint-Joseph sous couvert de visite présidentielle, alors que le circuit de visite ne le prévoit pas. Deux de ces hommes viennent probablement d'être éliminés puisque le légiste confirme qu'il n'a pas été trouvé de traces d'alcool ou de stupéfiant dans les veines des deux hommes, ni aucune trace de bagarre. La présence de ces hommes ne peut être fortuite, Upali a donc bien prévu de commettre un attentat au Havre, durant la visite commune du Président et du Premier ministre. Donc, Walter, vous aviez raison (fichtre le Colonel m'appelle par mon prénom). Mais pas de trace d'une quelconque bombe, sale ou pas, dans un rayon de cent mètres autour du circuit présidentiel, ce qui est une zone de sécurité largement dimensionnée d'après nos experts, alors... Oui, Walter ?

— Quelle est la taille supposée de la bombe d'après vos experts ?

Un Commandant prend la parole :

— Pour qu'elle reste transportable, elle doit être manipulable par deux hommes, donc moins de quatre-vingts à cent kilos.

— Oui, c'est ce que je pensais aussi.

Ma remarque surprend ce collège d'experts. Je leur explique que je me suis documenté récemment sur les DDR.

— Et si la bombe était plus éloignée du parcours ?

— Alors la masse théorique serait augmentée en fonction du carré de la distance. Une bombe placée à deux cents mètres, soit deux fois plus loin, pèserait quatre fois plus, soit quatre cents kilos. Et c'est sans compter l'effet de protection contre le souffle, apporté par les immeubles se trouvant entre la bombe et le Président. Il faudrait doubler encore la puissance. Et une bombe d'une tonne, ça ne se déplace pas, ou alors dans un véhicule utilitaire léger.

— Oui, comme beaucoup d'attentats au Moyen-Orient ou en Afghanistan.

— Très juste, envoyez immédiatement vos hommes fouiller tous les véhicules de plus de trois tonnes cinq dans un rayon de trois cents mètres autour du circuit, ordonne le Colonel.

— Cela semble impossible, Monsieur, il est déjà six heures. L'avion présidentiel atterrit dans 2 h 30. Il y a trente-cinq kilomètres entre l'aéroport et où nous sommes, soit une vingtaine de kilomètres carrés à fouiller. Il faudrait réquisitionner des dizaines de milliers d'hommes.

Je suggère de concentrer les recherches sur l'endroit où nous sommes. Puisque Arnijah, enfin Upali, ne nous a pas menti jusqu'à présent, je suis persuadé que par orgueil, elle nous a également donné la véritable heure de l'explosion. Huit heures TU donc dix heures locales et, à cet instant, le Président sera où nous sommes, sur la place du Général de Gaulle, à serrer des mains avant de se diriger à pied vers l'Hôtel de Ville. Il y aura certainement des dizaines de milliers de Havrais dans les rues, quelle meilleure cible pour une entreprise terroriste ?

— De toute façon, nous n'avons pas d'autre option que de vous faire confiance, me dit le colonel. Fouillez tout le quartier entre ici et l'Hôtel de Ville.

Dix secondes plus tard, ne reste plus que Julia et moi, dans le véhicule de gendarmerie. Même sur la place, les centaines de forces de sécurité et leurs véhicules, qui s'étaient regroupés depuis une heure, sont partis en toutes directions, comme un essaim d'abeilles allant frénétiquement chercher le pollen. Sauf qu'en l'occurrence, le pollen, c'est quatre kilos de plutonium... Ou plus.

— Tu n'as pas l'air satisfait Walter, me dit gravement ma chérie. Qu'est ce qui te trouble ?

— Tout ça est trop simple, trop évident, pour avoir été conçu par un esprit malfaisant et tordu comme celui de Arnijah. Raisonnons maintenant, si tu veux bien, sur les informations que nous n'avons pas exploitées. Premièrement, pourquoi avoir modifié les portes de l'église avec un verrouillage automatique ?

— Peut-être que Upali a découvert la présence de notre CCO (Centre de Contrôle des Opérations) au sous-sol et qu'ils voulaient ainsi verrouiller l'accès, soit pour nous bloquer à l'intérieur durant l'attaque, soit pour nous empêcher d'accéder à notre réseau de communications.

— Mais comment pourraient-ils être au courant de la présence de ce bunker ?

— Je te rappelle que nous soupçonnons des complicités à très haut niveau. Il faudrait vérifier comment est commandé ce système.

— Admettons. Deuxièmement, pourquoi avoir installé de gros joints d'étanchéité sur les portes ?

Julia pâlit :

— Peut-être qu'ils voulaient nous gazer. Rappelle-toi ce que cette folle de Arnijah m'a lancé depuis le sous-marin. *« Pauvre petite gamine, décidément tu ne comprends rien. On ne défie pas impunément Upali. Tu es un petit serviteur zélé de ton gouvernement, je te certifie que tu seras au premier rang pour la scène finale. »*

— Quelle mémoire !

— Je me souviens de tout concernant mes ennemis, c'est pour ça que je suis toujours en vie.

— Troisièmement, si tu voulais réussir un attentat aussi spectaculaire, est-ce que tu donnerais autant d'indices. Tout d'abord l'heure, qui détermine le lieu, exactement où nous sommes. J'en frémis en y pensant. Ensuite le type d'arme : une bombe DDR, ce qui permet à tout expert digne de ce nom, et même à un amateur comme moi, de déterminer le rayon létal, donc la zone de recherche à explorer.

— Non, sauf si je voulais détourner l'attention du véritable piège.

— C'est donc que la bombe est en dehors du périmètre de recherches ?

— C'est impossible, enfin pratiquement impossible, puisque la bombe ferait alors des dizaines de tonnes. Elle ferait plus de dégâts aux immeubles l'entourant qu'au cortège présidentiel. Et puis n'oublie pas que le véritable danger d'une telle bombe, ce n'est pas l'effet de souffle de l'explosif, mais la dissémination des poussières de plutonium. Ces poussières resteraient confinées autour de l'explosion, au moins dans un premier temps, et le président pourrait être évacué avant que le vent ne disperse les éléments radioactifs sur une plus large zone.

J'écoute ce que dit Julia mais mon esprit est déjà ailleurs. Le livre du général, où en suis-je ? Je l'ouvre à la page indiquée par le marque-page représentant le profil de Saint-Joseph en transparence. *Chapter 5, « Best shape of the bomb body to maximize the blast effect ».* J'aurais dû lire ce chapitre hier soir, pour s'endormir c'était certainement mieux que de compter les moutons ! Mes lutins me disent qu'il faut absolument que je le lise. En première page, une série de dessins de formes de bombes optimisées pour maximiser l'effet de souffle... Comme précisé dans le titre du chapitre. Des formes de plus en plus sophistiquées. D'abord un ovoïde simple, puis des formes de tuyères, de vases, et en bas de page, la forme idéale suivant l'auteur, « d'après l'état de la recherche à ce jour », donc en 1985. Le Graal du tueur en grande série en quelque sorte. Ce dessin ultime ne ressemble pas à la coupe du Christ, heureusement, mais à un rectangle aux coins supérieurs arrondis, surmonté d'un tuyau obturé beaucoup plus haut que large, et percé de fentes dans la partie supérieure. Ma main commence à trembler. Je place mon marque-page translucide sur ce dessin. Bien sûr, l'échelle n'est pas tout à fait la même mais... Non, ce n'est pas possible !

— Et si la bombe était placée en hauteur, au-dessus du toit des immeubles qui font écran ?

Julia a la voix qui tremble un peu :

— Tu veux dire suffisamment haut pour que la puissance de la bombe donne tout son effet de souffle ?

Je la regarde en balbutiant :

— Oui, comme dans la tour de l'église Saint-Joseph.

L'effroi se lit dans le regard de ma belle :

— Oui Walter, à cent sept mètres de haut.

Chapitre XXII

Samedi 27 mai 2017, 9 heures du matin, H – 60 mn

— Et le système de verrouillage sur les portes serait là pour empêcher que nous puissions aller désamorcer cette bombe, dans le cas où nous aurions compris à temps.

Un seul moyen de le vérifier, nous sautons hors de la camionnette. La place est vide des forces de l'ordre ou presque, les employés municipaux finissent d'installer des barrières piétonnes, tapis rouge et sonorisation. Julia réquisitionne deux motards et nous enfourchons en passagers les deux BMW, en route vers l'église distante de quatre cents mètres.

Sur le parvis, les premiers touristes et fidèles sont là, qui attendent devant les portes closes. Nous voyant arriver, ils nous interpellent, nous prenant pour les bedeaux qui auraient loupé leur réveil. Les portes sont solidement verrouillées, toutes. J'examine le système qui semble prévu pour empêcher toute tentative de nouvelle ouverture des portes, *one shot* comme on dit. Impossible de les défoncer, elles sont massives. Ou alors à l'explosif... Et vu ce que nous soupçonnons de trouver à l'intérieur, on n'y pense même pas !

— Avec une tronçonneuse ?

Julia appelle le Colonel pour lui faire part de nos découvertes, et de notre certitude que la bombe se trouve dans l'église. Le Colonel rétorque que oui, probablement, à moins qu'il s'agisse d'un nouveau leurre de Arnijah. Il émet des doutes sur la portée d'une telle installation située à quatre cents mètres du parcours officiel. Mais la décision est prise de bloquer le convoi présidentiel du côté sud du pont de Normandie.

— Il nous reste cinquante minutes, pas d'autre entrée ?

— Si, allons-y ! Et de nouveau les motards nous emmènent, sirènes hurlantes, par la rue Frederick Lemaitre, puis à gauche sur le boulevard Clemenceau, direction le MuMa.

Le Musée d'Art Moderne André Malraux est un superbe bâtiment, abritant de non moins superbes collections, mais mes Lutins me disent que ce n'est pas aujourd'hui que je vais le visiter. Julia tape sur l'épaule de son motard pour qu'il s'arrête, et lui enjoint de nous accompagner avec son collègue, armes à la main.

Nous courons vers l'accueil du MuMa, Julia sort son Glock devant des badauds ébahis… La présence de motards en uniforme évite une crise cardiaque aux hôtesses d'accueil, et Julia nous entraîne vers une porte, marquée privé, qui conduit au sous-sol du bâtiment. En bas d'un escalier en béton muni d'une rampe en métal zingué, elle s'arrête devant une porte sobrement intitulée archives comptables. Mon Amour sort de sa poche un trousseau de clés, en sélectionne une jaune à sûreté radiale. À l'intérieur de ce petit local, plusieurs grandes armoires blindées montant jusqu'au plafond. Julia approche sa montre de la poignée de l'une d'elles, un clic et elle ouvre la lourde porte.

L'armoire n'est qu'un leurre car elle n'a pas de fond. En réalité, elle débouche sur un tunnel, dont l'éclairage se met en route automatiquement.

— Vous, restez là, dit-elle à l'un des deux motards ébahis, et prévenez vos supérieurs que nous entrons dans le tunnel numéro quatre. Dites-leur de demander au commandant Sinclair de nous rejoindre au plus vite. C'est notre expert en explosifs, me précise-t-elle.

— Le quatre, dis-je, mais combien as-tu d'entrées secrètes comme celle-là ?

— Tu sais, durant la reconstruction du Havre au début des années 1950, c'était la guerre froide, avec la crainte constante d'une attaque nucléaire du Bloc de l'Est. Les différents bunkers construits sous la ville ont été reliés par de multiples accès souterrains.

Elle regarde sa montre :

— 9 h 20, merde ! Ça urge.

Le long couloir droit, haut de deux mètres, large de trois, dont les parois montrent encore les traces des planches de coffrage, est faiblement éclairé, ce qui nous donne l'impression qu'il est sans fin.

— Six cent cinquante mètres, me dit Julia, sans arrêter de courir.

J'ai du mal à la suivre, mais le motard casqué, botté et surtout handicapé par une surcharge pondérale supérieure à la mienne, souffle et souffre autant que moi pour suivre Julia. On s'arrête quelques instants à mi-parcours. Je me plie en deux en me tenant les côtes pour récupérer un peu d'oxygène pour mes pauvres poumons. Je lui souffle :

— Julia, j'avais encore un point à t'exposer, le quatrième.

Je sors le livre du Général de l'US Army.

— Regarde ce schéma décrivant la forme optimale d'une bombe à effet de souffle.

Je place mon marque-page translucide sur le dessin représentant la forme théorique idéale pour une bombe. Je balbutie :

— C'est exactement la géométrie de l'église Saint Joseph !

— Non, ce n'est pas possible, nie ma compagne.

— Pour souffler les cinquante mille mètres cubes du volume interne de l'église, il faudrait des dizaines de tonnes d'explosif.

— Oui, sauf que ce bouquin envisage des méga bombes utilisant un méga volume, grâce à l'effet Venturi. Le rétrécissement du diamètre à la base de la tour peut créer cette accélération de la colonne d'air qui provoque l'effet de blast.

— Mais l'effet va s'étouffer quasi instantanément à cause des portes étanches ?

— Non, car l'explosion initiale va faire exploser les vitraux de la partie basse et l'appel d'air entretiendra le Venturi.

Julia conclue d'elle-même :

— Et donc cinquante mille mètres cubes d'air vont être propulsés vers le haut de la tour.

— Et être diffusés à des centaines de mètres, voire à des kilomètres à partir de cette pomme d'arrosoir géante de cent mètres de haut.

— Il nous reste à trouver où Upali a pu camoufler une méga bombe, pour amorcer le Venturi plus la bombe DDR.

— La DDR se trouve en haut de la tour, c'est certain, quant à la bombe à effet de blast, j'ai une idée...

— Il ne nous reste que trente-cinq minutes avant l'explosion, mon chéri !

Encore deux minutes de course et nous débouchons à l'arrière du bunker de la DGSE. L'ouverture de la porte blindée depuis l'extérieur déclenche une sirène et deux gardes armés se précipitent. Heureusement, ils reconnaissent Julia, ce qui nous évite de prendre quelques grammes de plomb de 9 mm dans l'estomac. Elle demande à tous ses collègues d'évacuer par le tunnel, pendant que moi, je continue vers l'ascenseur. Encore deux minutes et nous sommes dans la nef de l'église. Pas un bruit, personne à évacuer. Les portes ont dû être verrouillées durant la nuit.

Je me précipite vers l'estrade monumentale dressée au centre de la nef, exactement sur l'autel et sous la tour évidée. Environ six mètres de diamètre et quatre mètres de haut. Pas d'escalier extérieur. J'emprunte le pistolet du motard et je frappe la paroi avec la crosse. À en juger par le bruit, ce qui semblait être du bois peint en bleu pâle, est en réalité du métal, très épais. Je fais le tour et trouve une porte découpée dans la paroi. Verrouillée. Je tire sur la serrure. Les premières balles rebondissent sur le métal puis une, enfin, fait éclater le verrouillage.

Je tourne doucement la poignée, à l'intérieur de cette yourte postmoderne, une vingtaine de fûts transparents de deux cents litres, remplis d'un liquide huileux jaunâtre. Tous les barils sont connectés par des câbles à une mallette munie d'un afficheur grand format, aux immenses chiffres magenta dignes d'un réveil des années 1970. Je devrais plutôt dire un chronomètre. Je n'ai jamais été un obsessionnel de l'heure exacte, à ma montre il est 8 h 42, donc H - 18 minutes, mais les grands chiffres magenta indiquent 6' 25".

Chapitre XXIII

Le Commandant Sinclair arrive, essoufflé, précédé de Julia. Il nous traite de malades dangereux d'avoir tiré au pistolet à côté de milliers de litres de trinitroglycérine.

Je lui montre le compte à rebours. Il se tait, et commence à examiner le câblage de l'installation afin de la neutraliser.

— Julia, plus que 5 minutes 30 secondes, où est l'ascenseur pour monter en haut de la tour ?

— Pas d'ascenseur, un escalier, c'est tout.

Je soupire :

— Julia, toi seule as la condition physique pour arriver en haut à temps. La recordwoman du monde a mis 9 mn 34 s pour atteindre le troisième étage de la Tour Eiffel.

Parfois, je me demande pourquoi mon cerveau enregistre ce genre de records :

— Tu n'as que 107 m à grimper, tu peux le faire.

Et nous courons, le motard et moi à la suite de Julia. Au pied de l'escalier, elle a déjà dix mètres d'avance. Alors que je grimpe les marches en courant, je redoute qu'elle ne puisse arriver à temps, ou tout juste pour être aux premières loges au moment de l'explosion, ainsi que l'avait prédit Arnijah. Comme je voudrais être auprès de Julia, pour vivre nos dernières secondes. Les crampes envahissent mes muscles, mes poumons me brûlent, mais je continue à grimper. Le motard n'est plus dans mes talons depuis longtemps. J'ai la tête qui tourne, la cyanose me guette, je vais m'écrouler, je m'aide des bras… Il me semble sentir de l'air frais, je dois être proche du sommet, je regarde ma montre, ma vue se trouble, soustraire onze, douze minutes, je sais plus. Si c'est douze, il reste trente secondes. Une porte en fer entrouverte. Une dernière volée de marches et me voilà sur une petite terrasse, seulement dominée par une croix monumentale.

Julia se tient les côtes d'une main, de l'autre elle hésite entre plusieurs fils sortant d'une petite malle. Un afficheur, semblable à celui présent sous la fausse estrade, indique neuf secondes.

Je m'entends lui crier :

— Arrache tout !

Et puis ma vue se trouble, et je m'accroche au parapet.

Chapitre XXIV

Samedi 27 mai 2017, 10 h 40

Bon, il m'agace ce médecin pompier, à vouloir que je remette encore son masque à oxygène. Remarquez, notre camarade motard ne se fait pas prier lui et reste sagement allongé sur son brancard, dans la nef de l'église Saint-Joseph. Ses collègues font de lui un héros, et les premiers journalistes des chaînes d'info en continu l'assaillent de questions. Moi, je suis peinard, assis en travers de mon brancard. Une couverture de survie sur les épaules, je regarde Julia qui discute avec le Colonel Neuilly, le commandant Sinclair, le Préfet et le chef de la sécurité de l'Élysée, devant la fausse estrade dont l'entrée a été refermée pour éviter une panique. Si jamais les journalistes découvraient la présence des explosifs...

Des ouvriers finissent de tronçonner les vérins qui bloquaient les portes. Un service d'ordre filtre les entrées, bientôt l'église sera plus remplie que pour l'office de Pâques, mais par de drôles de pèlerins.

L'adjoint de Julia me tient compagnie :

— Ça ne vous dérange pas que ce motard raconte sa version à tous ces journalistes, alors que les véritables héros, ce sont Julia et vous ?

Je hausse les épaules :

— Non, après tout, il a droit à son quart d'heure de gloire aussi, c'est avec son pistolet que j'ai éclaté la serrure de la porte, à quelques décimètres de milliers de litres de TNT.

L'expert en explosifs quitte le petit groupe d'officiels qui entourent Julia et s'approche de mon brancard :

— Et en plus, le motard ne pourra jamais s'en vanter ! Consigne absolue, la version officielle est qu'une seule bombe existait, celle de la tour. Les treize mille litres, soit dix-huit tonnes de TNT, n'ont officiellement jamais existé. Il y avait de quoi déclencher l'effet Venturi que vous aviez imaginé, bravo Monsieur Majorès. Ou puis-je vous appeler Walter ?

Je lui fais oui de la tête avec le timide sourire d'un quadragénaire lessivé par une petite semaine sans dormir et un sprint dans une tour de 107 m. Le commandant Sinclair me tend la main :

— Julia m'a tout raconté. Ainsi, votre analyse s'est révélée pertinente, me dit-il avec de l'émotion dans la voix.

— Ah ? fais-je niaisement, en lui tendant la main, autant pour lui rendre son salut que pour qu'il m'aide à me relever de ce brancard.

Une question me tourmente :

— Et d'après vous, toute cette petite installation aurait eu une portée efficace de combien de mètres ?

— Secret-défense Walter, mais chut ! Rien que pour vous, je miserais sur plusieurs kilomètres. Vous avez sauvé la vie à plus de deux cent mille personnes, y compris le Premier ministre. Quant au Président, le convoi a repris sa progression pour ne pas affoler la population. Une annulation aurait eu un effet de panique ingérable.

Chapitre XXV

Le Président a insisté pour nous rencontrer, Julia et moi, discrètement, à l'Hôtel de Ville.

Il nous a chaleureusement remerciés, il avait été débriefé par son service de sécurité et le Préfet, mais il souhaitait entendre notre version. Comme je raconte bien les histoires, il est resté à échanger avec moi plus que le protocole et son emploi du temps ne l'auraient voulu, sous les yeux étonnés des Oratores, Bellatores et surtout des décideurs des Laboratores[6] Normands.

La Première Dame discute avec Julia, s'enquérant de ce qui pouvait motiver une jeune femme à s'engager dans les services secrets.

— Walter, je peux vous appeler Walter ? me demande le Président. Vous rentrez sur Paris ce soir ?

— Oui, Monsieur le Président, j'aime bien Le Havre, mais là, un petit changement d'air me ferait le plus grand bien.

— Bien, voilà ce que nous allons faire, je dois continuer ma visite malgré les deux heures de retard, sinon le chef du protocole et la Dircom de l'Élysée vont m'admonester, mais je vous propose de vous ramener avec l'avion du Cotam[7]. Je passe vous chercher après mon

---

[6] Ceux qui prient, ceux qui combattent, ceux qui travaillent
[7] Commandement du Transport Aérien Militaire, chargé, entre autre, du transport du Président de la République,

intervention à l'ISEL. Je vous laisse Brigitte en otage, d'ailleurs elle doit inaugurer une exposition au Volcan.

Un baiser sur les lèvres de son épouse et le voilà parti. La Première Dame nous propose de l'accompagner, ma Julia me prend le bras et me chuchote à l'oreille :

— Elle trouve que nous formons un très beau couple.

Ses yeux pétillent.

Après cette journée, le président a souhaité que je monte à côté de lui à l'arrière de la DS7 blindée, tandis que Julia continuait à papoter avec son épouse dans une deuxième voiture. J'ai refait le match avec lui malgré mes yeux lourds de fatigue. En arrivant sur le tarmac de l'aéroport de Deauville-Normandie, le convoi présidentiel s'approche d'un superbe Falcon 7X, d'un blanc immaculé, hormis les trois couleurs de la République ornant sa dérive. Une double rangée de gendarmes républicains dessine une haie d'honneur.

— Walter, si je puis me permettre, vous avez besoin de repos.

— Certainement, Monsieur le Président.

— Il est beau ce Falcon, n'est-ce pas ? J'ai cru comprendre que vous étiez un amateur d'aviation ?

Je murmure, presque en récitant :

— Oui, 11 000 km d'autonomie, 900 km/h de vitesse de croisière, belle bête.

— Bon alors, j'ai un service à vous demander, dit-il, en se penchant vers moi, comme pour me confier les codes nucléaires. En voiture, j'en ai pour 1 h 45 pour rentrer à l'Élysée, en avion, à peine moins, et ça va encore être engorgé entre Villacoublay et Paris. Seulement, je ne peux pas le laisser planté là et rentrer en DS7. Alors je vous propose de le prendre, Julia et vous. Dites au Commandant où vous voulez aller... Dans un rayon de onze mille kilomètres, si j'ai bien compris !

— Bien, bien Monsieur le Président, vous...vous croyez ?

Il me fait oui de la tête et m'invite à descendre. Brigitte est là, devant la porte de la Citroën, qui attend que je lui cède la place.

Coup monté, oui ! Elle me claque la bise, et s'engouffre auprès de son homme. Le convoi Présidentiel repart sans attendre.

Il fait un vrai soleil de mai. Le Falcon 7X est plus imposant que je n'imaginais vu de près. Une hôtesse déploie l'escalier. Julia prend ma main dans sa menotte, regarde droit devant elle le bel avion blanc, aux armes de la République française. Elle met ses lunettes de soleil sur son petit nez.

— Bon alors, on va où ?

Chapitre XXVI

En Guadeloupe voyons !

Aux Saintes, véritable paradis sur terre. Tout à l'ouest de Terre de Haut, la petite plage de sable blanc est déserte. Je suis allongé sur un transat, face à l'océan. En écartant l'Hallux du Depasus[8] de mon pied droit, j'ai une vue imprenable sur Terre de Bas, la petite sœur de l'archipel des Saintes. En inclinant légèrement le pied, l'eau vert sombre vire au turquoise lorsque les fonds coralliens remontent. En l'inclinant encore un peu, juste avant le risque de crampe, Julia apparaît dans mon viseur podal. Julia, ou plus exactement son cul, délicatement protégé des rougeurs solaires par un monokini Brésilien. Seule cette partie de son anatomie dépasse de la surface, alors qu'elle explore les fonds marins. Elle recherche des poissons coralliens, aux noms aussi flamboyants que leurs couleurs : « coffre mouton », « savonnette », « fée lorette » et « Hamlet marbré ». Déjà dix jours que nous vivons, tels des naufragés volontaires, dans une superbe villa créole prêtée par un haut fonctionnaire. Je me crois dans un James Bond.

***

Le Falcon présidentiel avait à peine rentré ses trains que je dormais déjà et c'est la charmante hôtesse, sergent-chef de l'armée de l'air dans le civil, si je puis dire, qui m'a

---

[8] Dénomination du gros orteil et du deuxième orteil, en Latin

réveillé lors de l'approche sur Le Raizet, juste au-dessus du Grand Cul-de-Sac marin.

De toute cette histoire, certains aspects m'étaient encore mystérieux, et j'étais certain que Julia possédait les clés qui me manquaient. Alors le premier soir sous les Tropiques, après un dîner aux chandelles arrosé de quelques Ti-punchs, elle m'a raconté.

L'aventure amoureuse entre Michèle, la femme de Pascal et Marcel, le père de Julia, avait commencé longtemps avant que Pascal ne les surprenne. Dès le début de leur relation, Michèle s'était sentie délaissée par Pascal qui ne vivait que pour son entreprise, alors elle s'était attachée à Julia, comme à une petite sœur qu'elle n'avait pas eue. Marcel avait profité de ce rapprochement pour assouvir son instinct de prédateur sexuel, et en réalité, Marc était le fils de Marcel. De ce fait, l'immense détresse de Marcel après l'accident mortel de Marc n'en était que plus compréhensible. Michèle voyait très régulièrement Marc, en cachette de Pascal. C'était le secret entre elle et son fils.

Si Julia était partie précipitamment de chez ses parents, c'était également à cause de son père, mais elle a refusé de me dire pourquoi :

— Un jour, peut-être…

La jeune femme que j'avais surprise discutant violemment avec Marcel au garage, c'était elle qui venait prévenir son père qu'il allait rapidement être accusé d'homicide involontaire. Elle lui avait intimé l'ordre de partir, de disparaître. Marcel refusa catégoriquement de déserter, comme il lui avait dit.

Julia avait continué de voir Michèle après la disparition de celle-ci, c'est comme cela qu'elle avait appris le lien de parenté entre son père et Marc, et c'est ensemble qu'elles avaient décidé de donner cette dernière chance à celui qui était le père de l'une et le père de l'enfant de l'autre. Mais Julia avait fait l'erreur de confier à Michèle que Pascal était mouillé dans une affaire mafieuse. Sans en avoir parlé avec Julia, Michèle, folle de douleur suite à la disparition de son fils, avait décidé de détruire, au moins professionnellement, son « ex-mari » Pascal. Elle lui avait envoyé la lettre l'informant qu'il avait été dénoncé comme faisant partie du réseau de Upali.

***

Julia sort de l'onde, elle secoue la tête pour sécher ses longs cheveux virant à l'auburn sous l'influence du soleil tropical et du sel marin. Elle s'allonge ou plutôt se laisse tomber sur le bain de soleil à côté de moi.

— Tu devrais en profiter, au lieu de rester à rêvasser. L'eau est super bonne et il y a plein de poissons, tous plus amusant les uns que les autres.

— Je songe à nos tribulations. D'ailleurs, si ton Colonel Neuilly ne m'avait pas fait signer une clause secret-défense, j'aurais bien fait un roman de cette aventure.

— Pff ! Et qui voudrait lire une aventure aussi extravagante ?

Elle se tourne vers moi, la tête appuyée sur la main, me fixe de ses grands yeux verts qui me font toujours chavirer l'âme.

— Tu sais Walter, j'ai trouvé pourquoi ta mère t'a appelé Petunias.

— Ah parce que tu penses que cette vieille excentrique avait besoin d'un motif sensé pour affubler son rejeton d'une telle idiotie ?

— Ne sois pas dur avec elle, je ne l'ai jamais rencontrée mais je crois un peu la connaître à travers toi. Elle avait de l'humour ?

— Oui, ça c'est certain.

— Alors ton humour et le sien se ressemblent, et c'est comme ça que j'ai compris que…

Son téléphone sonne, la première fois en dix jours. Elle décroche, se lève et marche le long de la plage en discutant avec son mystérieux interlocuteur.

La conversation a dû durer car je me suis assoupi. L'ombre de Julia, qui m'isole du soleil de fin d'après-midi, me fait quitter les bras de Morphée.

— Bon, je file à la douche, prends ton temps sur la plage, ce soir c'est moi qui prépare le Ti-punch !

— Ouah, c'est la belle vie. Profites-en pour allumer le barbecue, j'ai trouvé des vivaneaux au port ce matin.

Elle est en contrejour, mais il me semble bien qu'elle essuie une larme.

— Quelque chose ne va pas, gente dame ?

— Non, non, tout va bien mon chéri, juste la nostalgie de la métropole.

Elle s'éloigne à grands pas vers notre cabane créole.

Hum, d'ici qu'elle m'annonce qu'elle veut rentrer... On est pourtant bien ici. Et je voudrais tellement la convaincre d'arrêter son métier d'agent secret, trop dangereux. Elle sera souvent absente, et maintenant que nous sommes en couple, je la veux près de moi. Bien sûr, je ne dois pas être trop possessif, mais elle pourrait demander une mutation au siège de la DGSE, plus cool que le service action.

Encore un petit tour de sieste et je retourne à notre nid douillet.

Pas d'odeur de barbecue, il se sera éteint ou, tête en l'air comme je la connais, elle aura oublié de l'allumer. Personne sur la terrasse, je l'appelle. Pas de réponse, mon cœur bat plus fort, pourvu qu'il ne lui soit rien arrivé. Après tout, Upali pourrait chercher à se venger. Nous n'avons pas été prudents de nous isoler ainsi. Tout ça pour satisfaire mon ego, pour partager avec ma chérie l'amour que j'ai pour cette île idyllique. Je l'appelle encore, elle n'est pas dans la cuisine ni dans le salon, peut-être qu'elle se prépare, qu'elle se fait belle pour moi, alors que je ne cesse de lui dire qu'elle n'a pas besoin de fard pour me plaire. La salle de bains est vide, tellement vide que même ses affaires de toilette n'y sont plus. La penderie de la chambre est encore ouverte sur une série de portes manteaux qui ne portent plus rien.

Un mot sur la table de nuit de mon côté.

« *Walter, je suis partie. La nation a besoin de moi. Je sais que ça va te faire rire, puis pleurer de rage, mais je dois disparaître, pour longtemps, très longtemps peut-être. Je n'étais pas une femme pour toi, mais je resterai ta petite Julia, pour toujours.* »

Je pleure de rage.

ÉPILOGUE

Bon, faut que je m'y fasse, mais je suis l'homme que les femmes quittent, c'est comme ça !

Ce matin, j'ai décidé de me faire plaisir et je roule vers l'aéroport de Toussus-le-Noble. Je passe Buc et les Loges-en-Josas, la province à dix minutes de Paris. Et la belle province ! Il faudra que je refasse la vallée de la Bièvre à vélo un de ces quatre.

Penser à m'acheter un vélo. Électrique.

« *Aéroclub de France. Se garer à l'arrière du hangar, votre instructeur, M. Quesada, vous attendra à côté du Cap10 sur le tarmac, devant les portes dudit hangar à 10 heures précises. Chaque minute de retard sera décomptée car l'immobilisation d'un avion de voltige coûte beaucoup d'argent.* »

Oui, ça coûte, je le vois à la facture qu'il a fallu acquitter au préalable. Ils ont peut-être peur que les clients néophytes se dégonflent ?

Jour de chance, nébulosité 0/8, je mets mes Ray-Ban historiques, que j'ai retrouvées en cherchant mon carnet de vol. Et puis Monsieur Quesada ne verra pas la trouille dans mon regard, au cas où…

La trouille, mais pourquoi ? Aucun risque, me dit Lutin Bleu. ACF est très réputé, les instructeurs sont des vieux chibanis, avec cinq chiffres à leurs heures de vol.

Ouais, tellement chibani qu'il peut nous péter un AVC en plein looping, réplique Lutin Rouge.

Ça doit être le CAP 10 là, devant moi. Marrant comme nom, on dirait celui d'un voilier. Belle déco, on sent la puissance, un vrai petit chasseur à hélice.

Bon, t'emballe pas, me susurre Lutin bleu.

9 h 55, Monsieur Quesada, chibani donc de son état, est effectivement près de sa monture, penché sur le cockpit, le corps à demi dans l'habitacle. Marrant cette manie de porter une combinaison pour un pilote civil, pour un vol civil, tout du moins. J'espère que ce n'est pas un militaire qui se fait de la gratte le week-end en faisant vomir des civils, tout en se foutant de leur gueule.

Bon, la combinaison n'est pas réglementaire, elle est rose, prolongée par des bottes à hauts talons, semelles rouges, Louboutin ? ! ?

Le corps se redresse. Au-dessus de la combinaison, se profile une tête ornée d'une superbe queue-de-cheval châtain clair. La chevelure s'envole, lorsque la silhouette drapée de rose se retourne vers moi.

— Vous êtes mon élève de dix heures ?

Surprise ! En guise de chibani, j'ai droit à un mannequin Victoria Secret. Silhouette droite, un sourire au coin des lèvres, elle me tend la main :

— Je m'appelle Margherita.

Lutin Bleu : Surtout, ne pas faire la blague, Margherita, comme la pizza ou comme le cocktail ?

Lutin Rouge : Mais si, on sera fixé sur son humour !

Lutin Bleu : Elle va nous prendre pour des ringards, oui...

Lutin rouge : Pas besoin de ça pour la ringardise, nos lunettes suffiront.

J'enlève mes Ray-Ban d'une main, à la Tom Cruise dans Top Gun, en souriant, et prends doucement sa main :

— Enchanté !

— Attendez la fin du vol pour vous dire « enchanté ».

— Margherita c'est... enfin, vous venez d'Italie ?

Avec son accent je ne prends pas le risque de me voir démenti.

— Non... Pas italienne, je suis Florentine.

Et elle éclate de rire, en renversant sensuellement la tête en arrière.

Je suis ému, je crois que je vais tomber amoureux, encore.

REMERCIEMENTS

Un grand merci à Sylvie, Nicolas et Margaux pour leurs pertinentes relectures.

Un second énorme merci à Sylvie pour sa patience ...

Si vous avez aimé suivre les péripéties de Walter, vous pourrez retrouver la suite de ses aventures et mésaventures dans : *L'Or du Var*